在菜场,在人间

陈慧 著

天津出版传媒集团
天津人民出版社

果麦文化 出品

目录

在菜场

003	菜市忙人
014	阿瓜
028	佟良贵
038	邓久九
045	田细佬
054	有福嬷嬷
062	白蛇
073	金佩东
081	包子

091 戆头

106 两家之主

116 得胜

129 馄饨

141 昌铜匠

147 长顺

153 剪刀

164 父与女

在人间

177　苋菜
193　黄猫
200　鲫鱼
214　飞儿
218　抑郁症
230　裘麻子
239　走啊，去江西

245　后记

在菜场

菜市忙人

我现在摆摊的十字路口往左边拐进去五十米,有一间很逼仄的楼梯间。以前是卖面条的阿权哥租着,放一张桌子、一个方凳、一块案板,再加上两只大肚子的竹篓筐,人在屋里头转个身都得小心翼翼。

阿权哥租那楼梯间的几年里,我的小摊就摆在他的门边上,有时他出去办点事,我就主动帮着他照管一会儿生意。有时天气骤变,下起了大雨,他便赶紧顺一顺东西,让我把小摊子推进屋里避一避。他的租房合同到了期,力劝我租下楼梯间,说有个固定的地方,至少不必天天挨风吹日晒的苦了。

我没有接受阿权哥的建议,继续做我的露天"游民",相对于从早到晚枯守着一间小店的寸步不能移,我还是更喜欢来去自由的灵活性。再则,楼梯间的面积实在太小了,仅有几平方米,形状也不规则,未来完全没有扩大经营的可能性。

阿权哥撤走后,那楼梯间一直无人垂青。七八月份,半山村子里一个烫杂粮煎饼的女人试租了一星期,眼见没什么生意,立刻撒手不干了。元旦前,有个胖乎乎的安徽人付了三个月的租金开了一家芝麻大饼店。然而,两个月还没撑足呢,他便拍拍屁股走人了。腊月底,一个卖低价服装的男人租了个短期,突击了十天左右的业绩,年后再没露面。房主不得不又在卷闸门上挂上了"吉房出租"的牌子。

牌子挂了好久,"吉房出租"四个红字都被太阳晒褪了色,总算来了租客——一个绍兴口音的老太太,高高大大,花白的齐耳短发,长条脸,一嘴的牙七零八落,看样子得七十好几了。

这个老太太原本是误打误撞摸来我们镇的。这地方过清明节、夏至、七月半、冬至,以及年三十都要敬神祭祖,俗称"做拜拜"。老太太装在一辆四轮小拉车里沿街兜售的就是做拜拜时需焚烧的"经佛"和"元宝"。经佛其实就是印着莲花图案的、比巴掌大一点的长方形黄纸,名堂却是不少,我知晓的只六七种:四四佛、六六佛、八八佛、心经、弥陀经、观音经……各有各的价格,一扎几块钱到几十块不等。元宝的颜色比经佛浅些,也是纸质的,折成两头上翘的船状。元宝论"堂"卖,一堂元宝有固定的只数,做拜拜,一堂元宝就够了。

老太太到小镇试了一回水,大概尝到些甜头,于是毫不犹豫地找到房东,当场拍板租下了那楼梯间。屋里起初还是空荡荡的,她下午匆匆乘公交返回几十公里外的家,第二天大清早又拖着沉甸甸的小拉车急急赶来。车马劳顿了几天，她开始一点点地添置物件，先是桌子板凳，接着是锅碗瓢盆，最后连床都搬进来了。老式木床窄窄的，一头顶着楼梯间的里墙，一头直逼到卷帘门下。卷帘门一旦推上，屋内的一切就通通暴露在了大众面前。她在床头上挂了一块花里胡哨的旧被面作为遮挡，好歹在众目睽睽之下拦出了个不怎么私密的私人小空间。

周围的一些居民见"新进成员"摆出了居家过日子的架势，忍不住掩嘴偷笑。这个说，一大把年纪了，不在自己家颐养天年，难不成还想在这里安营扎寨？那个讲，年轻人来开店都维持不下去，七老八十的老太太还能搞出个啥名堂来？话里话外的意思再明显不过。我当然也不能免俗地去和她搭讪，拐弯抹角地问了她的年龄和家庭情况——果然七十有三！一家五口人，儿子、媳妇厂里上班，孙子读大学，老伴健在。我不解地问："大妈，老伴老伴，不就图个老来做伴嘛，你把大伯留在家里，自己跑出来单住，他就没意见吗？"她瘪了瘪嘴，满不在乎地一挥手："啊呦！这样多好，大家都清净！"

她的个性大大咧咧，喉咙音又响，有事没事爱站在店门外和路过的人套近乎，笑盈盈地搬出椅子请人家"歇歇脚"。亲和力十足的几波操作下来，她就顺利地收获了一些客户。然而，经佛这种东西需求量很少，除非派特殊用场，否则，不年不节的，哪有多少人来买呢？

头一个月，她盘了账，表情讪讪地，说："房租也扳不转。"我们几个听到的人互相交换了一下眼色，没有搭她的茬儿。农村人口流失严重，来菜市场的人一年比一年少，生意确实越来越不好做，她亏钱是意料之中的事。假如她租房时像之前的那几个人一样，只付少量租金，那她的损失顶多不过千元，可她签了铁板钉钉的合约，一次性付了整年的房租，即使她现在萌生了退意，拿出去的钱也讨不回来了。所以，摆在她面前的只有两个选择：一、继续把经佛店往前熬；二、贴一张"旺铺转让"的条子，骗接盘侠上钩。

老太太既没有选一，也没有选二，她自行开辟了一个三。她把摊开的经佛一一叠进纸箱子里，只占了门边很小的一个位置，腾出来的地方放上了她从赶早市的本地菜农手里批发的应季蔬菜。她前后卖过新鲜的豌豆荚、毛笋、大豆、玉米、小青菜、水蜜桃、南瓜、茭白、鞭笋、洋芋、西瓜、花生、栗子、柿子等等。

她卖什么，屋里的地上就晾满了什么，人走进走出，不得不踮着脚尖，像是在跳芭蕾。她只卖不买，什么没卖掉，她的胃就顺理成章地消灭什么。变了颜色的大豆瓣，干巴巴的玉米和厚皮的老南瓜……她都在电饭锅里煮得烂烂的，一碗一碗地吃下去。是饭，也是菜，饭菜不分家。

也有不能及时解决了的东西，比如在水里泡青了的茭白和霉过了头的"苋菜咕",一般的生意人早就扔掉了,她才不!细致地刨去茭白的青皮,拿盐腌好塞进玻璃瓶里,又是一样省事的下饭菜。苋菜咕是一种霉变食物,周作人先生曾在一篇散文中回忆过,算是经典的浙江味道。青苋菜去叶,留梗,切成寸许泡入水中,一天一夜后捞出,沥干盛进坛子里,撒几颗粗盐粒,密封发酵数日,苋菜梗外壳硬度不变,内里却已酥烂。取一碗,浇一勺菜油上锅蒸透,吃起来有点像吸果冻,咕咕有声,据此得名苋菜咕。

苋菜咕这东西很个性。爱它的人,觉得香气扑鼻,趋之若鹜;厌恶它的人,忍受不了它的异臭,避之不及。

老太太的苋菜咕是"升级产品",前期是出售成捆的苋菜梗,苋菜梗蔫吧了,没形了,她就自己动手制作苋菜咕。气温高时,苋菜咕也易坏,两三天一过,就成了稀汤寡水的落拓货。为了确保姣好的品相,她又斥资九百元购买了一只小冰箱,专门保存成品或半成品的苋菜咕。尽管冰箱的门严丝密合,屋门也是从天蒙蒙亮大敞到天黑黢黢,但爆发力超强的苋菜咕气味还是彪悍地占领了她那狭小的楼梯间,并冲出门,一再向四方蔓延。说实话,我闻到那味儿只想吐口水,可老太太反而又被那味儿激出了赚钱的灵感。

下午三点后,她在门口支起煤气灶,架好油锅,不慌不忙地炸起臭豆腐——老豆腐切成小块在苋菜咕浓汁里浸个透,就是正宗臭豆腐了。一只白色的泡沫盒里装八块,搭两勺辣椒大蒜水,售价五元。

这条街上做生意的一溜儿人家,要数她顶顶忙碌。忙着拦住挑大口袋的山民进货,忙着招揽各路买主,忙着处理即将过时的产品,早忙晚忙,忙得她吃饭也没个准点儿。上午十点,她捧着碗坐在床上吧唧吧唧地吃东西。我人立在路上,脖子伸进门里,故意问她:"大妈,你吃的是早饭,还是中饭?"

她哧哧一笑,很爽利地回了我三个字:"早——中——饭。"

她不但卖菜,还卖房——不是真卖房,而是卖掉房子几小时的使用权。菜市场有明确的管理条例,外来人员不允许在路边上随意设摊。一些拉着独样货品远道赶来,存心做短线的贩子怎甘心跑个空呢?就在他们抓耳挠腮、左右为难之际,慈眉善目的老太太马上把她待售的几样蔬菜移去隔壁邻居的屋檐下,朝他们招手了:"来来来,我给你们腾了地儿!"

腾出的地儿半天起码换五十元。这样轻松的"二房东",她一个月总能做两三次。她再没发出过"房租也扳不转"的抱怨了,之前一心认定她要落败的人也不知不觉地投去了迥然不同的眼神——哟!这老太太有两下子嘛!

有知情的人悄悄透露,说她的儿子早几年超市开得很大,雇了十来个工人,可惜赌博输了钱,输掉了全部家当。

没有人去核实传言的虚实。对于无关者而言,他人一塌糊涂的事故无非是过耳即忘的故事。

别人观望她,她似乎也在推敲别人。我偶尔去她的屋里洗个手,她拉着我闲聊一会儿,慨叹一声:"阿三[1],侬真可怜!"——或者:"阿三,侬真可惜!"

一个七十多岁还奔波在外的瘪嘴老太太和一个远嫁异乡奋力谋生的中年离异女人,谁更可怜?谁更可惜?

我觉得大概是不分上下的。她也许在我的身上扫描出了她年轻时的剪影。我的现在,高度契合了她的从前。同理,如果我能活到和她一般的年龄,她的近况,八成就是我将来的模板。

她来镇上的时间已不短了,应变能力强是不争的事实,但究竟年龄不饶人,也不免在大庭广众之下两次失态。

第一次失态是因为猕猴桃。一个操着普通话的年轻男人买了她三十斤的黄心猕猴桃,总计两百四十元。她的老年手机无收款功能,架子上放着的微信收款码和支付宝收款码是她儿子的。其时,她忙于应对另两个买主,年轻男人手机支付后自顾自拎着猕猴桃走了。过了十来分钟,她打电话询问儿子两百四十元到账了没有,电话的那一头一口咬定没有。她顿时慌了神,摊子也不管了,甩打着胳膊急急往大马路上寻去。

---

[1] 作者在娘家排行老三,乳名三儿,因此菜市场里相熟的人都称呼她"阿三"或"三三"。——编者注

马路上人流如织，又过去这么一会儿了，哪里还能找到那个人。她的脸涨成猪肝色，泪光闪闪，嘶声大喊："良心怎么这么坏！老人家也要骗！倒霉哉！倒霉哉！我今朝倒大霉哉！"

她崩溃的样子着实吓人，我们生怕她血压升高当场倒地，连连宽慰她，说年轻人的素质高，不会做缺德事的，兴许你儿子的网络不好，暂时还未到账。她的情绪稍微平复了些，再次打电话核实，儿子依旧回复没收到。她的眼泪终于憋不住了，啪嗒啪嗒地掉了下来，几个人劝也劝不住。对面粮油店的伯伯走过来，拿起她的收款机按了一下语音回放，"微信收款二百四十元"的声音清晰响亮。

粮油店伯伯白了她一眼，说："大惊小怪的干吗？钱不到账，收款器绝不会乱报的。要么你儿子的手机出了问题，要么你儿子骗你。"

她连连摇头："我儿子不会骗我的！不会的！"

"那你相信收款机的语音播报，还是相信你儿子呢？"

她嘴唇抖动了几下，没再说话，默默地转身去收摊。摊收好，门锁上，赶公交车回家了。

隔日早上，我到菜市场时她的店门前早就堆着猕猴桃和栗子了。我问她："昨天的钱到账了吗？"

她笑笑，小声地说："到账了。"

她的第二次失态因为番薯粉丝。十一月初，番薯粉丝上市了。菜市场里出售的有真假两种，农民用自家种植的番薯加工出来的是真货，市区农贸市场批发过来的是假货。真货四十元一斤，假货二十五元一斤。有的人不嫌贵，愿意花钱买真货。有的人不识货，花了真货的钱，买的却是假货。不是人不精明，是真货和假货在外表上根本分不清，都是半透明的浅青色，都是微微弯曲的，都是轻轻一拗就断。加工真番薯粉丝费劲儿，产量还不高，而假番薯粉丝的批发价不及真货的五分之一。拿货方便加上利润空间大，只要撒起谎来脸不红手不抖，卖假的番薯粉丝确实很来钱。进价个位数，二十五元一斤转手，与我相邻的一位卖假番薯粉丝的老先生口水四溅一天，能轻轻松松卖掉三十斤左右。

老太太的楼梯间和卖番薯粉丝的老先生的摊位距离在五米左右，每当有人买老先生的番薯粉丝时，她都会拿眼睛瞄过来，瞄过去，瞄上好久，若有所思。

她不动声色地拖着小拉车出去了一趟，门口就多出了一排雪白醒目的泡沫箱，箱子里也摆满了和老先生一模一样的番薯粉丝。更醒目的是，她在粉丝上方插了一张宽宽的硬纸板，上书一行字："番薯粉丝，一斤20。"

为了突出重点，"2"和"0"两个阿拉伯数字被记号笔涂得又大又黑。

这么一搞，卖番薯粉丝的老先生光火了，但又没办法。竞争对手明晃晃地标了价，二十五一斤的黄金时代不得不翻页了，大家都卖二十一斤吧!

奇怪的是,同等货色、同等价格,还是老先生的粉丝更受欢迎,买主不但没有少,似乎还多出来了。而老太太的粉丝上都蒙上了一层灰,也没销掉几斤。她沉不住气了,在"20"的后面第一次加了"–1"。也就是说,你卖二十一斤是吧,我卖十九。

十九不见成效,她又第二次"–1"。

十八还卖不动,她第三次"–1"。

连续三次歪歪斜斜的"–1",那张硬纸板被涂得乱七八糟,除非仔细分辨,否则真是云山雾罩。

老先生的粉丝生意火爆如常,数钱数得眉飞色舞,越发衬托出老太太的萧条冷清。眼见价格战不奏效,老太太"隔山打牛"的神功都使上了。倘若有人在老先生这边停下脚步,她就在那边大声聒噪。

一会儿说:"粉丝我也有,价格还便宜几块呢。"

一会儿说:"买吧买吧!都是些不识货的,看不出他的粉丝是假的啊!"

一会儿说:"我才不怕谁来骂我,这条街上卖的粉丝全是农贸市场批发来的,没一个是真货!"

她还主动和老先生发生了一次正面冲突——直接把自己的粉丝箱摆到了老先生旁边,跟双胞胎似的,紧紧地靠在一起。这下可惹毛了老先生!他瞪起眼睛,抬腿踢开了她的箱子,顺手推了她一把。

一推之下,她一屁股赖倒在地,捶着大腿呜呜咽咽地哭起来了:"你们是本地人哦……你们是神哦……你们有本事哦……我是外来的野鬼哦……我来你们这里讨饭的哦……活该被你们欺负哦……我气煞了哦……"

她哭得很伤心、很投入、很有节奏感,每一句都用了一个"哦"押韵,听起来不像是哭,倒像是唱。

哭了很长时间,她的嗓子都哑了,也没有谁出面劝慰几句,仿佛当她不存在似的。她用力擤了擤鼻子,慢吞吞地爬了起来,一步一顿地走向自己的楼梯间。

她一反常态地关了一天的门。

又一天。

再一天。

有几个女人从紧闭的卷闸门前走过,诧异地问:"绍兴老太太出什么事了吗?怎么不来开店了呢?"

第四天,她来了,眼观鼻,鼻观心,谁也不搭理。

卷闸门哗啦一声推上去,她窸窸窣窣地把屋里扫干净了,移出她的泡沫箱,摆齐她的粉丝,取出那张宽宽的硬板纸插好,就近拖来一张高脚凳子。

刚刚坐下,她像又想起了什么,猛然站起身,从床上找出了一支记号笔,用力地在"20"的后面画上了第四个"–1"。

阿瓜

乍一看，阿瓜和这个镇上与他年龄相仿的普通人没什么两样。他盛夏时节晒得黑黑的，身上穿的多是背上印着大红字广告的圆领白汗衫，肥大的、颜色混沌不清的阔腿短裤，脚上的拖鞋与坚硬的地面做着不屈不挠的抗争，走一步啪嗒一声，走一步啪嗒一声，啪嗒啪嗒个没完没了。但等秋天到了，米色和藏青的两件涤纶中山装就轮番登场，眼下人们穿衣服讲究随意、舒适，使人脖子和肩膀觉得拘束的中山装已经很少有人穿了，所以，再细细看看穿着中山装且左上方口袋里中规中矩地插着两支钢笔的阿瓜，就让人恍惚间有种怀疑，怀疑这个貌似古典的人还活在遥远的过去。

阿瓜和别人另一个明显两样的地方是他走路的样子——阿瓜闷着头走路！

阿瓜为什么要闷着头走路？阿瓜在找钱。找那些不慎掉在地面上的钱，或者是在不知不觉中滚进角落里的钢镚儿。不闷着头怎么找？闷着闷着，闷头走路成了阿瓜的习惯。找着找着，闷头找钱成了阿瓜的工作。这份独特的工作阿瓜日复一日地干着，干了很多年。看他那一丝不苟的劲头，他肯定是要一鼓作气地干下去的！

在地上找钱完全不需要什么技术，只要选对了地方，只要精力集中，半天下来，多多少少总会有点收获。最好的地方是镇上的菜市场，阿瓜每日必来"上班"，风雨无阻。菜市场里闹哄哄的，进进出出的人流如潮汛里的鱼群，拥挤不堪。卖东西的人忙着显摆自个儿摊子上的货品，忙着招徕顾客；买东西的人忙着讨价还价，忙着往自己的袋子里塞采购好的东西。忙来忙去中，有些粗心的人指不定就要丢点钱了。

丢钱的人一般会遇到两种情况：第一种是自己没注意而身边恰巧有个善意的人看到钱掉了，于是及时地提醒他一下，那丢掉的钱还是有机会失而复得的；另一种呢，钱被丢下了，团得皱巴巴地丢在菜市场脏乱不堪的地面上，和五颜六色的废纸没什么两样，来来往往的人谁也没察觉。那么好吧！丢下的钱有很大概率会被阿瓜捡进自己的口袋。

阿瓜捡了钱会笑，站在捡钱现场嘿嘿地笑出声。他得意呢！

菜市场摆摊的小贩们都熟知阿瓜的德行，阿瓜一笑，有人便和他打趣："阿瓜，侬是不是又捡到钱啦！"阿瓜不说话，嘴巴一直咧到耳朵根："嘿嘿，嘿嘿嘿……"

人家好奇地问他:"今儿侬捡了多少?让阿拉看看。"问了也是白问!阿瓜才不会给别人看他捡到手的钱呢。小贩们当然不会去和阿瓜顶真,非得拖着他问个水落石出不可,最多是挤眉弄眼地调侃一下阿瓜:"啊呦!阿瓜,侬运气噶好!怎么老是有钱捡?明天我们也要和你一起去捡钱喽!"

这话说得真不靠谱!人家阿瓜捡钱靠的是运气吗?才不是!阿瓜靠的是他的眼睛。

阿瓜的脸圆圆的,两只腮帮子堆满了肉,所以他的鼻子只能委屈地在两坨肉之间塌着。鼻子塌着,嘴唇偏偏不肯服输,厚厚的凸出了一截子。张爱玲在小说里形容一个人的厚嘴唇,用了很尖刻的一句话:"切切倒有一碟子。"要是当年的她能穿越到现代来看看阿瓜的"尊容"的话,估计立马要把"一碟子"改成"两碟子"了。"两碟子"的厚嘴唇、鼓着的腮和塌着的鼻子拼凑出来的该是多么别扭的一张脸啊!幸好,幸好这张别扭的脸上还有一双实用性很强的小眼睛。阿瓜的小眼睛有时候是磁铁,滋滋的冒着电去追踪、去发现;有时候又变成了一台高倍扫描仪,配置着百分百的专注去探查、去确认:一毛、五毛、一元、五元、十元、二十元……

照这样的节奏算一算,敬业勤劳的阿瓜坚守在菜市场的这些年里一定收获颇丰吧?

没有!

真没有！

怪只怪阿瓜捡钱有个毛病——他不捡一百元的纸币。

有一回，阿瓜在肉摊前面发现了一张崭新的百元大钞，发现就发现了呗！当时旁边又没有别人，只要他手一伸，那一百元得来全不费功夫。可是，阿瓜不捡，不但不捡，表情还相当古怪，拧着眉紧紧地盯着地面上的纸币，嘴巴里发出短促的音节："咦……啧啧……咦……啧啧……"

他这么做不是诚心引人侧目吗？菜市场里人来人往的。他"咦"了几声、"啧啧"了几声后，果然成功地吸引了一个路过的老太太的注意。老太太一看，这不是天上掉大馅饼吗？三步并作两步奔到阿瓜面前，一探身，妥妥地捡起那张一百元，喜滋滋地离开了。

老太太以为自己抢了阿瓜的好运别人不知道，其实这短短的几秒钟全落在卖肉的永庚师傅眼里。一百元意外地易了主，永庚师傅帮阿瓜不服气："阿瓜，侬个笨蛋，一百元的钞票又不会烫坏手？侬刚才怎么不捡？"

阿瓜立在原地笑："嘿嘿，嘿嘿嘿……"

老太太抢走了地上的钱，阿瓜不生气。永庚师傅骂他是个笨蛋，阿瓜也不生气。阿瓜就知道笑！

菜市场里丢钱的马大哈不在少数。这样的事后来又发生了一次，是在水产区一个卖淡水鱼虾的摊位前。在几个注满水的养着鱼虾的长长的红塑料盆子前,有七八个女人正拿着摊主发的漏勺一心一意地在水里挑挑拣拣,谁都没想到自个儿的脚后跟旁还有一张无主的百元大钞——一张一百元折了两折掉在地上。那张钱掉在那里应该有一会儿了,在它身上踩来踩去的人前后好几拨,通通没有发觉它的存在。地上又湿乎乎的,钱已被糟蹋得面目全非,没点眼力的话完全看不出它是张一百元的纸币。

阿瓜早就看见了那张钞票。但他没捡!这一次,他倒是没有"咦……啧啧……咦……啧啧",他就背着手站在脏兮兮的钞票旁发呆,呆了大概两三分钟,他扭头看看一旁还在挑鱼虾的几个女人,鼓足了勇气似的搭上离他最近的一个女人的肩膀:"阿婆。"

女人一愣:"侬做啥?"

阿瓜眨巴了几下小眼睛,又叫了人家一声:"阿婆。"

女人觉得莫名其妙:什么人嘛,年龄比我大得多,居然好意思叫我阿婆?哼!我有那么老相吗?

其实女人不知道,只要是来这个菜市场的女人,不管多大年纪,不管长相如何,阿瓜一律管人家叫阿婆。

阿瓜看不出女人心里的不满,依然杵在人家面前,期期艾艾地:"阿婆。"女人终于有些不耐烦了,喉咙音粗粗的:"侬做啥?侬叫我阿婆做啥?"

"阿婆。"阿瓜冲着地上的那张一百元努了努嘴。

这下那女人明白了：合着他是在让我去捡钱呀！啊哟，我得快点！手上挑了好半天的虾子也顾不上盛了——迅速地去捡！平心而论，这也不能怪她爱占小便宜，寻常的市井小民，每天在柴米油盐的琐碎中兜兜转转，有几个能做到见钱不起贪意、不想据为己有的？

她捡钱心切，手臂伸得直直的，弯腰的幅度未免大了些，一旁的人自然而然地被她惊动了。惊动了又怎样？女人把捡到的钱捏在手心后立刻匆匆离开了，谁好仗义执言追着去批评她？说到底，是阿瓜自己发扬风格，主动把捡钱的机会让给人家的嘛。

鱼贩子不批评那女人，叽里呱啦地揶揄阿瓜几句却是少不了的："阿瓜，侬犯傻是不是？一百块的钱上面长刺了？怕扎到侬的手？阿瓜，侬老实地交代，是不是侬看上刚才那个女人了，要讨伊欢喜才把钱送给人家的？"

正在买虾的几个女人全给这话逗乐了，哧哧地笑成一团。

人家笑，阿瓜也陪着笑："嘿嘿，嘿嘿，嘿嘿嘿。"笑完了，他两手反背，继续闷着头在菜市场里绕圈。他绕到哪里，关于他把一百元钱让给别人捡的笑话就飞到哪里。菜市场里的小贩们甚至根据阿瓜这件事创作了一个歇后语：阿瓜捡钱——一百的不要。

阿瓜捡钱——一百的不要。有趣！

阿瓜不知道菜市场里竟然流行着这样一句与他相关的歇后语。即使知道了，他也没空理会。他很忙！除了正常地闷头找钱，他在菜市场里还有另一项副业——跑腿，为摆摊的小贩们跑腿，做这个，不费脑筋。阿瓜的主要服务项目是代买餐点。

菜市场大部分的摊贩最头疼的就是早上的一顿饭。拿卖肉的屠夫们来说吧！一年三百六十五天，天天半夜起床赶往屠宰场杀猪，惊风鬼扯地去，连滚带爬地来，生怕错过了第一批从半山里下来拿货的二道贩子，哪里有时间先顾自己的一张嘴？再说了，不管是要吃点心还是汤汤水水的面饺什么的，都得自己跑到菜市场外面的街上去买。常态下，一个摊位只有一个人，人离岗，生意一准儿要逃掉，若不是肚子实在饿得不像话，谁也不舍得离开。还有卖蔬菜的贩子们，基本上全是凌晨一两点去市区的大农贸市场批货，一个来回三四十公里，像打突击一样地把货物拖回镇上，天已经蒙蒙亮了。先盘点、整理，再一样一样展示在货架上，一套程序做下来，还没来得及喘一口气，赶早市的人就源源不断地涌进了菜市场。这个当口儿，吃饭的事只能搁一边了，做生意要紧呀！

肚子空空地做生意，滋味能好吗？不是有句老话：人是铁，饭是钢，一顿不吃饿得慌。

饿慌了，想吃饭。这饭，得仰仗阿瓜去跑腿买来。

阿瓜的跑腿费没什么规定，小贩们心里大致有数。早几年，物价还没怎么上涨，跑一趟，一毛两毛钱即可。眼下，钱架不住用了，阿瓜的跑腿费也顺应形势升到五毛钱一趟。或者，五毛还不止呢。阿瓜买好早点后找零来的块儿八毛，有些摊主就不要了——抵跑工。有时候，要买早饭的小贩有好几个，这个要吃包子，那个要吃烧饼油条，另外的要吃粢饭，大家七嘴八舌地和阿瓜讲好，塞给阿瓜一只小篮子。也就一支烟的工夫，阿瓜拎着满当当的一篮子早点脚步匆匆地来了。众人如愿得了自己的早饭，阿瓜当场领了五角钱的报酬。各取所需，都心满意足了！

为一个人跑一趟，得五角钱。为好几个人归拢起来跑一趟，还是五角钱。这笔小账阿瓜不算，他从没觉得自己吃了亏。阿瓜唯一觉得吃亏的事，是菜市场的小贩们总是有意无意地把他和德资相提并论。

德资大概四十多岁，高高瘦瘦的，一天到晚板着一张蜡黄的长马脸。他看人，眼眶里像架着两支突兀而坚硬的冰柱，不知情的人被他盯一眼，心里难免暗搓搓地发怵。德资的父亲早死了，有个姐姐嫁到外省，奷像是做水果批发生意的，要不是德资精神不正常离不开人照应，寡母早就到外省的女儿那儿落户去了。

德资的家在离菜市场不远的一条弄堂里，是两间年代悠久的砖木结构老楼房。有母亲在，家就在，德资的身上被拾掇得还算清爽。德资也天天来菜市场,他来是为了捡东西——他单捡香烟蒂,地上有得捡,多短都不嫌。地上要是没有呢?跟踪呀!抽烟的人在前面走,他在后面跟,猎犬似的忠贞,规矩倒是懂一些的,不明目张胆地去抢。通常跟个半圈一圈的,人家有些不忍心了,他便如愿地捡到一只尚在冒着青烟的香烟蒂。捡到的香烟蒂是德资的财富,德资狠狠地吸一口,再吸一口,板着的脸不知不觉地就舒展开来了。

天晓得德资是什么时候染上这个坏癖好的。在几个阴雨绵绵的日子,烦躁的德资嫌弃烟蒂不解馋,居然去向别人讨烟抽。他这么个人,要白抽一根香烟谈何容易?人家的手指间夹着一支烟指挥他:"德资,给我敬个礼。"他的眼睛牢牢地粘着那支烟,双脚牢牢地拢住,左手僵硬地垂着,右手掌搁到额头上,痛痛快快地敬了一个不伦不类的礼。

偶尔,德资在表演敬礼时,阿瓜也凑到一边来看,背着手,歪着脑袋看着,却是不笑的。

阿瓜一出现,有闲人便拿他和德资做文章:"阿瓜,这是侬的朋友吗?"

阿瓜坚决地摇着他的大脑袋。

人家故作惊讶:"为什么不是?阿瓜,德资这么好的一个人,侬应该和他做好朋友的。"

阿瓜的脑袋摇得像只停不下来的拨浪鼓,嘴巴嘟嘟囔囔的:

"我才不和他做朋友,才不和他做朋友。"

他的否认是没用的,连德资的老母亲都这样认为。德资过完烟瘾后就躺在菜市场附近的某些角落里打瞌睡,菜市场嘈杂得像养了一千只鸭子的大棚,他偏生能睡得香喷喷的,忘记回家。他不回家,他的驼背老母亲要踮着小脚来菜市场找。天底下母亲的心是一样的,儿子再怎么不成样子终归是自己生的、自己养的,不能不心疼!她摸不准德资在哪里,总是先找阿瓜——找到了阿瓜就等于找到了德资。

在菜市场四处溜达的阿瓜知道德资睡在哪里,他会耐心地把老太太领到德资躺着的地方。阿瓜不愿意做德资的朋友,可是,德资的母亲真的觉得阿瓜是德资最好的朋友,不仅是朋友,还是榜样:阿瓜不会乱走,阿瓜天天准时回家,阿瓜不捡脏东西吃……

这个镇上,大概就德资的老母亲愿意阿瓜做德资的榜样了!

阿瓜不做榜样很多年了!婴儿时期的阿瓜是榜样。养得又白又胖的,胃口好得不得了,还不挑食,有什么吃什么,吃好了睡,睡好了吃,从不哭闹。在村子里一班和他差不多大的宝宝中,他是最乖的。稍稍长大了一些,他还是榜样,别人家的孩子皮猴子似的上蹿下跳,处处闹腾,只有他老实听话。父母亲下地干活去,搬张小板凳让他坐在院子里,他真的坐得住,半天不挪屁股。小伙伴们扎堆一起玩,他待在墙根下一动不动,光看着地面上自己的影子。那会儿，大人们有干不完的活儿，人在地里累得快瘫了，回到家中就想图个耳根清净。别人家的孩子吵得凶，大人的太阳穴简直突突得要冒火星儿。

阿瓜难得的安静！似乎阿瓜的成长开启的是善解人意的静音模式，尽管这个静音模式后来被县里来普查的医生安上了个不怎么动听的注解：先天愚型。

先天愚型的阿瓜读了两回小学。

第一次的五年制是阿瓜自己的小学，阿瓜爱去学堂，每天准时地挎着小书包去，老老实实在学校坐一天，再慢吞吞地回来。学堂里的老师把阿瓜安排在教室的最后一排，阿瓜坐在位置上端正得像一棵小青松，老师举着课本一边读一边在教室里来回走动，不慎走到了阿瓜身旁，顺手在阿瓜圆滚滚的小脑袋瓜上轻轻地拍一拍，阿瓜的坐姿越发端正了。

阿瓜的第二次五年制是陪同：上学送，放学接。陪的人是阿瓜的弟弟。阿瓜上一年级时娘就给他生了个弟弟，阿瓜无比喜欢自己弟弟，娘左手拉着阿瓜，右手搂着弟弟对阿瓜说："阿瓜，阿瓜，现在你要对弟弟好，等弟弟长大了他会对你好。"手心手背都是肉，她希望有朝一日弟弟能成为阿瓜的依靠。

阿瓜对弟弟真好，从小学毕业了的阿瓜身体壮壮的，弟弟上学根本不用带脚，阿瓜背着弟弟走得飞快。后来弟弟不想趴在阿瓜背上了，阿瓜就是专职拎书包的大跟班——乐呵呵的大跟班!

  这一对小兄弟在镇上一露面,有好说闲话的人免不了要拿他们说事:明明是一个爹妈生出的孩子呀,为什么一个是读书郎、一个是木头郎?话有点刻薄,还真是大实话:迷糊的阿瓜有个聪明过人的弟弟。命运仿佛把对阿瓜的亏欠加倍地偿还到比阿瓜小七岁的弟弟头上。弟弟是学堂里的尖子,会写能算,是不用动脑子也能随随便便考出满分的优秀生。而且,弟弟的作文写得特别有水平,在县里的大小比赛中拿回了好几张金光闪闪的奖状。小学升初中,弟弟是镇上学堂里唯一的免考生;初中考高中,毫无悬念的保送;高中考大学,是全县的文科状元。学校张贴了大红榜在菜市场的大铁门上,一传十,十传百,状元名声大噪。

  弟弟的名气杨柳飞花地溅到了阿瓜的头上,阿瓜捎带出了名:阿瓜是镇上第一大才子的傻哥哥。傻哥哥的路最好走,小时候怎么迈步,长大了还怎么迈步。这直溜溜的一条路阿瓜四平八稳地走了下来,头一抬——两鬓的白发瞬间让镇上年长一辈的人心里一惊:怎么?连阿瓜也老了?

  老了的阿瓜每天傍晚推着一把轮椅,轮椅上坐着他行动不便的老父亲。七十多岁的老父亲心里残余的文艺情结将衰未衰,只要天晴,小镇西头依湖而建的七彩公园的落日,那是每天必看的。

公园里的几个老先生、老太太轮番地向阿瓜的老父亲表示了羡慕、嫉妒。这个说:"阿元(阿瓜弟弟的名字)爹,侬是阿拉镇上顶了不起的父亲了,养出阿元这般出色的儿子。"那个说:"阿元爹,侬现在过得介安逸,全靠阿元给侬长脸啊!"

七七八八的话里,通通是阿元如何出色、如何好。

阿瓜爹的老脸先是绽开的,渐渐地,又归拢了。他拍拍搭在轮椅上阿瓜厚实的大手,叹口气:"不瞒你们说啊!在你们那儿,阿元是我的脸面,在我们老两口这儿,阿瓜才是我们实打实的倚靠。我不是说阿元不好,孩子有孩子的难处,从他上大学到工作、结婚、在省城安家落户,我们老两口几乎把一生的积蓄都花在他身上了。他在省城的这些年,工作忙了,一年回来个一两趟;工作不忙,也就节日里来向我们报到一下,几个小时而已,和我们话也讲不了几句就马上奔自己的窝去了。反而是我的阿瓜,你们当成傻子的阿瓜,尽心尽力地照顾着我们老两口,他不讲究吃,不讲究穿,不记恨我们老两口的碎嘴,像小时候一样开开心心地听从我们的差遣。他天天去菜市场捡钱,捡回来,一分一厘都交给他姆妈[1]。他活到五十多了,孩子一样的心性,没花过我们什么钱,不叫我们替他操心。我们老

---

[1] 方言,浙江人对妈妈的称呼。"阿爹阿姆"是上了年纪的人叫爸爸妈妈的习惯。年轻人现在都叫爸爸妈妈。——编者注

了，图个什么？不就图身边有个随时随地叫得应的儿子吗？我的阿瓜，不比那些个干事业、会挣钱的儿子差！"

阿瓜爹的话，好像是有几分道理的呀。人老了，什么享受都是浮云，跟前有个全心全意的子女最靠谱！阿瓜傻？让别人去说好了！要废话的总会来废话，推着父亲轮椅的，自始至终还是踏实贴心的阿瓜呀。

佟良贵

佟良贵走路很慢,很小心,尽量贴着墙根。他的视力不行,在市二院做过白内障剥除手术,可惜效果不如人意,一米之外的人脸就模模糊糊了。如果有人在和他擦肩而过时飞快地喊他一声"阿贵",又匆匆忙忙地跑了,他要待在原地想好久——甚至认真地想了好久,都不能确定刚才和他打招呼的人究竟是谁。因为这个,佟良贵颇感惭愧,觉得辜负了人家的热情。他摇头,叹气,瞪着浑浊的眼珠子反复地念叨:"老哉!老哉!勿相干哉!"

其实佟良贵才七十出头,不算老。他中等个儿,背微微驼着,细胳膊细腿,有点显瘦——但绝非瘦骨嶙峋,而是瘦得自然紧实。这样的体态和他曾从事的工作有着极大的关系,是长年累月"练"出来的。

佟良贵早年以背毛竹为业。

这个地方属丘陵地带,抬眼所见都是连绵起伏的青山。山坡像田地一样，按户头规划在村民们名下。近处的山，坡度较为缓和，适宜栽种梨、樱桃、杨梅、水蜜桃、黄花梨这类果树。大部分的山距离村庄很远，山路崎岖弯曲，来去一趟既费时又费力，能派什么用场呢？只有长竹子——毛竹。

毛竹分大年小年。大年笋多。清明前后，嫩脆的毛笋从地底下钻出来，村民们便陆陆续续地上山掏笋。本地人有晒干菜的习俗，腌制入味的雪里蕻和切得薄薄的毛笋片一起烧熟，晒干，就是盛名在外的"梅干菜"。

人勤山不懒。竹山打理得细致到位，笋的产量往往很高，一个毛笋季，几乎每天都能掏出数量可观的笋。自用的留足了，品相好的"黄芽头"挑到菜市场兜售，黑壳的"乌栗子"统一卖去罐头加工厂，也是一笔实打实的收入。

掏笋的活计苦、累、脏。从竹山上下来的山民，无一不是面露疲色，身上糊满了厚厚的潮泥巴。

小年笋少，竹山的收益就靠卖毛竹。毛竹粗壮坚韧，富有弹性，在塑料制品和金属制品还未铺天盖地入侵的年代，被广泛运用于建筑、农用、家具制作以及生活用品。

卖毛竹和卖毛笋不同。如果家中没有特殊状况，卖毛笋都是山民亲力亲为，无须劳烦别人。卖毛竹则要全权交付给背毛竹的人。毛竹论斤卖，三四十年前，毛竹的价格是每斤一毛左右。背毛竹的人得总价的三分之二，竹山主人占三分之一。

粗粗一听，这样的分成像是竹山主人吃了亏，但你要是了解过背毛竹的辛苦，应该就不这么想了。

首先是砍毛竹，称手的工具是一把小砍竹斧。毛竹高达二三十米，竹山地形复杂，内行的背竹人在斧头落下之前就观察了地势，算好毛竹的倒向：竹梢在哪边，竹根在哪边，一切尽在掌握中。第二步是借助山道把砍倒的毛竹从山上弄下来。山道有陡有平，陡的地方不做安排，平的地方架设类似于火车轨道的木棍或竹条，方便一根根毛竹顺道滑下。这个步骤省力不假，风险还是蛮大。有一年，三个人在山上砍竹，两个人在山下打捆，山道上滑下来的毛竹多了，速度控制不了，一番乱滚、对撞后，尖尖的竹梢冲向其中一个捆毛竹人的脑袋，巨大的冲击力导致那人当场丢了性命。

毛竹有大有小，粗的五六根，细的十来根，可以打成一捆，实际分量约三百五十斤。竹根在前，竹梢在地，一捆毛竹中有一根伸出一米左右，背竹人把伸出的这根毛竹扛在肩上，用绑带绑牢，还要拿一根木棍当拐杖。拐杖与肩部平齐，当人累得两股战战时，就用拐杖顶住毛竹捆子，争取一歇的喘息机会。大夏天的，背毛竹的人穿着厚劳动布外套，衣服湿了干，干了湿，一天下来，整件衣服上覆满了白乎乎的盐霜。

赶上天时、地利、人和，奋力八小时，背竹人能背两千斤左右的毛竹。要是路远，山势差，顶破天背个七百斤左右吧。

背毛竹是良心工作，没有谁家在场监督。毛竹砍倒一星期后，痕迹便看不出来了。卖掉的毛竹总重量竹山主人并不知晓。给竹山主人折合多少钞票，全靠背竹人的觉悟。此处专业背毛竹的人细数下来也有好些个，但山民们计划卖毛竹了，最先考虑的，一准儿是佟良贵。

每年的春耕时分，佟良贵还有个赚钱的小门路——卖锄头柄。锄头柄用的是燕竹，燕竹和毛竹的粗细不同，但佟良贵摸过的毛竹千千万万，照着他的经验选出来的燕竹自然不差。直、硬、有韧性，不生蛀虫。阴雨天，不能上山，佟良贵舍不得闲着，赶早扛着一捆碧绿清香的锄头柄来镇上的菜市场兜售。一根锄头柄五元钱，一捆有十根。

在相当长的一段时间里，佟良贵凭借着一把斧头一副肩膀，养活了老老小小几口人。

背毛竹有时能单打独斗；任务重，时间仓促时，就得和别人抱团合作。佟良贵有个年龄相仿随叫随到的搭档，名叫阿牛。阿牛家在半山上的村庄里，他没有傍身的手艺，种地之外四处打零工。他的力气大，干活不耍滑偷懒，处处听从佟良贵的安排，缺点是说话颠三倒四，爱喝酒。

佟良贵一次也没去过阿牛的家。他们平时各忙各的，背毛竹的日程定下后，佟良贵托人捎个口信。到了那一天，阿牛会早早地下来。偶尔也有提前收工的辰光，天色未暗，佟良贵就邀上阿牛去自家里吃顿饭。谈不上什么好菜，镇上的和福卤菜摊切半斤香喷喷的猪头肉，佟良贵的妻子炒一盘子油盐花生米，煎几只黄澄澄的荷包蛋，另外再凑两三碗下饭的素菜。俩人都客客气气。佟良贵不许阿牛贪杯，一两的白瓷酒盅，三杯高粱酒见了底，就让女儿把饭碗端过来。

佟良贵的两个女儿都读初中了，老大阿丹，老二阿文，两姐妹相差了三岁。她们乖巧懂事，体恤父母的辛劳，写完了作业，马上挽起袖子抢着帮母亲打理家务。阿丹收拾碗筷，洗洗涮涮。阿文喂鸡喂羊，把屋里屋外打扫得干干净净。

阿牛很喜爱这两个姑娘，第一次来佟良贵家吃饭时就由衷地说："阿贵哥，侬福气真好，两个姑娘介顶顶新（非常出挑的意思）。"

阿牛有两个儿子。

佟良贵见到阿牛的两个儿子，是多日之后的事情了。阿牛得了胃癌，检查出来即是晚期。病情凶猛，前后个把月的工夫，人就垮下了，水米不进。那正是毛竹砍了要烂根的芒种时节，竹山和背竹人双双休整。没有毛竹可背，佟良贵当然不用叫阿牛。

未料想，他不叫阿牛，阿牛反倒请邻居前来叫他。来人没有多言，只催佟良贵立刻随他走一趟。

到了阿牛家，佟良贵什么都明白了。三间低矮的老房子，屋里没有任何值钱的家什。阿牛的妻子精神不正常，智力水平竟不及五六岁的小孩子。两个半大小子怯怯地守在床边，又黑又瘦。阿牛已是弥留之际，眼窝深陷，嘴唇青紫，裹着棉被蜷成小小的一团，意识时而清楚，时而糊涂。

佟良贵鼻子一酸，不由自主地握紧了阿牛干瘪的手。

阿牛去世后，佟良贵肩上的担子重了。十天半个月的，他就要去半山的村子一趟，吃的、穿的、用的，自家屋里有的，无论如何要匀出一份给那娘儿仨。阿牛的两个儿子，老大雪安和佟良贵的小女儿同年，读初一。老二定安，小雪安一岁，还在念五年级。双亲健在的孩子，这个年龄尚能攀着爹娘的脖子撒撒娇，发发小脾气。阿牛的两个儿子反而把自己那疯疯癫癫的娘当小孩子哄着，待着。

在佟良贵的扶持下，孤儿寡母的日子磕磕绊绊过了年把，不幸再次降临：阿牛的妻子在野外游荡，不慎滑下水库，淹死了。

料理完阿牛妻子的丧事，佟良贵望了望阿牛家破落冷清的屋子，再望了望那两个泪痕未干的孩子，心头上像压着块大石头。他眼眶一红，一句话冲口而出："雪安、定安，你们收拾收拾，跟阿伯回家吧！"

家里忽然多出了两个正猛长身体的男孩，方方面面愈发要精打细算了。得亏佟良贵妻子是过日子的好手，一日三餐，四时衣衫，书本学费。手头虽不宽裕，也未曾委屈到孩子们。

四个孩子很听话，互相提携，亲姐弟似的，从不吵嘴斗气。男孩子力气大，挑水、背柴、种田、割稻……雪安、定安手脚麻利，回回冲在两个女孩前。

阿丹初中毕业，去竹编厂做了工人。

阿文考了城里的幼师，寄宿在学校里，一个星期才回家一趟。镇上的公交车站到村子大约有五公里，山路偏僻寂静，走走累人。知道阿文要回来，不用佟良贵吩咐，雪安或定安（谁有空谁去）就蹬着自行车去车站接她。

雪安、定安读完了初中，没继续升学。佟良贵苦口婆心地劝说了一场，再怎么强调读书的重要性，也无济于事。兄弟俩知恩、知足，想法朴实：倘若不是阿伯大妈（他们一直这样称呼佟良贵夫妇）心善，施以援手，他们哪来这般温暖的家。大伯一个人起早贪黑背毛竹，要供三个孩子读书，委实太苦，不如让他们早些学个手艺。灾荒年饿不死手艺人。手艺学成，不愁进账，一家人的日子会更好。

雪安学了木匠。

定安学了瓦匠。

两年的学徒期满，出了师门后，再跟师傅外出做工就有报酬了。兄弟俩都很正气，不喝酒，不抽烟，不赌钱。赚来的工钱一分不动地交到大妈手上。他们的好名声在外，附近几个村子的大姑娘们没几个不知道他们的名字。

时间一晃而过。

佟良贵思量着该给雪安成个家了。鸟儿求偶，得先造个窝。男人要娶妻，当然得先有个容身之处。原来的四间高平房太挤了，不可能再腾出婚房。

老房子左手边是一片燕竹林，右手边靠山。佟良贵决定在山脚下建一座二层小楼。他没有请帮工，带着雪安、定安起早贪黑地开山，打地基、砌墙、上梁、盖瓦、粉刷……

三个男人是大工，三个女人（阿文在镇上的幼儿园当老师，星期天回家）做小工，齐心协力，没费多少时间就竣工了。里里外外装修停当，雪安向佟良贵袒露了心事：他有一个仰慕已久的姑娘。

"谁？"

"阿丹姐姐。"

"她比你大三岁呢。"

"大三岁我也爱她。我会一辈子对她好。"

佟良贵征询了大女儿的意思。阿丹羞答答地点点头，一扭身，跑了。

婚事办得极其简单，没有请客摆酒席。两个年轻人选了个黄道吉日去镇上领了结婚证。雪安改了口，叫佟良贵夫妇爸爸、妈妈。佟良贵挨家挨户给村人发了喜糖，自家人高高兴兴地吃了顿丰盛的午饭，放了一通鞭炮。礼成。

嫁人的，嫁在家里；娶妻的，娶在家里。日子没什么变化，小两口很恩爱。

接下来该为定安操心了。

佟良贵伐了燕竹林，计划再给定安盖个二层楼。和之前一样，主力军依然是家里的三个男人，女人们管后勤，打下手。小楼顺利完工。万事俱备，单单等定安把心仪的姑娘领进门了。

结果，定安牵起的却是阿文的手。阿文呢，也大大方方地接受了这个无数次骑着自行车去车站接她的"弟弟"。

既然俩孩子情投意合，做父母的有什么理由不应允呢？

定安、阿文换了身新衣服去拍了张彩照，领结婚证。

别人家要大操大办的事情，佟良贵仅仅是在村里发了一圈喜糖。外人只当他小气，孩子们都知道，父亲是把所有的积蓄都花在了那两栋小楼上，真的拿不出摆酒席的钱了。

两兄弟娶了两姐妹，这在当地不多见。更何况，两兄弟的身世又和常人有所不同。于是，几个咸吃萝卜淡操心的人难免在茶余饭后就此事发表些"高见"。好听的、难听的、阴阳怪气的，都有。多多少少飞到了佟良贵耳朵里，他也不作辩解，一笑了之。

阿牛的忌日到了，佟良贵赶早去往半山的村子。他没有乘公交车，而是抄近路走上去的。曲里拐弯的近路他很熟——每年的清明节，他都要带着雪安、定安来给他们的爹娘扫墓。这一天,他破例没有叫孩子们跟着。他一个人,提着一只竹篮,篮子里盛着妻子烧的几碗小菜,另外还有一瓶阿牛生前最爱喝的高粱烧。

邓久九

"养猪的不赚钱,杀猪的赚翻天",这是乡间流传甚广的老话。前半截且不说了,后一句的意思不言而喻,大家都知道杀猪匠一年到头的进账不少,但知道归知道,杀生的行当却不是谁都能做得了的。

早些年,农村家家户户有猪圈。上半年,买几只约克夏猪崽投在圈里,每天打猪草、切萝卜、剁番薯,整锅整锅地煨熟,拌进麸皮、米糠,搅匀,把小猪们养得肥肥胖胖。进了腊月,快过年了,主人家提前和杀猪匠约好宰猪的时间。到了那一天,杀猪匠就穿着齐胸的皮裤,骑着永久牌二八自行车上门了。自行车后座上横绑着一只硕大的、椭圆形的深口木桶,后座一侧挂着几样油腻腻的铁家伙:弯钩、尖刀、刮刨、大砍刀、剔骨刀……

猪有灵性。尽管主人家口风很紧,没在它的面前透露半分信息。然而,当杀猪匠踢踢踏踏地靠近猪圈时,它便变得非常狂躁，口吐白沫，目露凶光，摆出攻击的姿势。杀猪匠可不理会这一套，他吃的就是这碗饭，晓得猪的弱点在哪里。他轻轻松松地与愤怒的猪稍稍周旋了一歇歇，手中的弯钩突然甩出，快、准、狠地落在猪拱嘴上。

猪拱嘴娇嫩敏感，一旦被铁钩子命中，它只剩下徒劳惨叫的份儿。主人家请来的两三帮手顺势而上，扯耳朵，拉尾巴，拖猪腿，和杀猪匠一起发力，把猪押上长凳死死按住。白刀子进，红刀子出——杀猪匠"点了红"，放尽猪血，在断了气的猪后腿上割出小口子，插入管子，大口大口吹气，直至猪的每一道皱褶都撑开了，平了，再把猪搬入大木桶，泡在没顶的滚水里。热气蒸腾中，杀猪匠的面孔若隐若现，只听见刮刨紧贴着猪皮发出有节奏的嚓嚓声。

刮净毛的猪被吊在木桩上，白得晃眼。开了膛，破了肚，掏出来的五脏六腑还冒着肉眼可见的热气。杀猪匠手持砍刀，将猪劈成两片。厨房那边飘出香喷喷的炒肉片味道。院子这边，主人和杀猪匠交接好猪肉的分量，商谈着猪肉的价钱。

杀猪没有工钱，猪头、猪尾巴、猪下水抵作酬劳。另外，主家客客气气招待一顿。酒足饭饱，杀猪匠摸出口袋里的钞票，一五一十地把猪肉款数给主家，道几句客气话。皆大欢喜。

杀猪匠都有自己的肉案子，宰、收、卖，一条龙。从前，这样的肉案子要么设在村头，要么摆在大路边，没什么讲究。

慢慢地，乡镇抓精神文明建设，旧貌换新颜，不允许乱摆野摊了，杀猪匠们统一进驻菜市场，上交定额的租金，集中在"猪肉区"。

邓久九就是猪肉区二十个杀猪匠中的一员。他父亲拿了三十多年的杀猪刀，大概喝了太多酒，吃多了猪下水，一朝中风，半身不遂。没办法！杀猪的大业落到了唯一的儿子肩上。

邓久九子承父业，跟杀猪打交道的那年不过二十五岁。

二十五岁，正年富力强，加上长期耳濡目染，杀猪的活儿于邓久九而言，易如反掌。都说杀生是罪孽，他没这方面的心理负担。这世上的哪样家禽家畜不是为人类而生的？普通老百姓的日子苦哈哈，如果连一口猪肉都吃不上，那一辈子还有什么奔头。更何况，龙生龙，凤生凤，老鼠的儿子学打洞。邓久九淘气、贪玩，上学时没把心思用在学习上，字写得歪歪扭扭，作业错得离谱。从小学到初中，长期班级倒数第二名——倒数第一的是个半傻子。每个任课老师对他都很头疼，尤其是小学教数学的梁老师，不止一次指着他的鼻子感慨道："唉！邓久九啊，你别的科目学不好没关系，数学还是要抓一抓呀！不然，你日后连账也搞不清，怎么卖肉？"

怎么卖肉？买一只会报数的计算器呗！邓久九勾着脑袋，在心底悄悄地嘀咕。他不敢抬头。他的右眼有毛病，黑眼珠子小，白眼仁大，看人像在翻白眼，不招人喜欢。

多年之后，邓久九在闹哄哄的猪肉区用油亮的手指熟练地揿着计算器时，耳边还时不时会回荡着梁老师那意味深长的叹息声。梁老师退休了，头发花白，额头上的抬头纹像五线谱。小学里的厨师是邓久九的固定客户，他和邓久九闲聊时提到了梁老师。他说梁老师的晚景颇凄凉，丈夫不在了，女儿感情不顺，受了刺激，人变得有点神神道道的，工作也丢了。知晓了这个情况，每次梁老师挎着篮子来菜市场，不管多忙，邓久九都会割一块上好的夹心肉送给她。

邓久九的收入相当可以。他读书不灵的脑子，转到猪肉生意这块，风生水起。菜市场一周期投一次标，他舍得下本钱。角落里的、偏的、不起眼的摊位，即使价格便宜，他看也不看。通道入口的第一个摊位价格最高，每年租金近十万，别人尚在犹犹豫豫，他干净利落地拿下。摊位显眼，已占先机，再则就是态度热忱。顾客走到近处，他立刻绽开笑脸，若是女性，大姐长大姐短，亲切得恰到好处；若是男性，开口招呼之前，过滤嘴香烟先递过去了——他自己不抽烟，却总揣着一包二十块左右的香烟。人家一接客烟，等于接上话了，还能不买肉嘛。他有远见，考虑周全，偌大的猪肉区，他第一个购置大功率的电动绞肉机。切片、切丝、绞成肉糜，开关按下，呜呜一阵响，方便快捷。这样一来，镇上那些早点摊子、农家乐小饭馆、学校食堂就省去了剁肉的麻烦。别的肉案子一早上不过卖了半头猪，人来人往的节假日，顶破天了卖一头。邓久九半天能销光两头。特殊情况下，还要超出这个量。

手上有了积蓄，邓久九拆掉了老屋，翻盖了三上三下的楼房，欧式田园风，彩钢琉璃瓦。新居里，电视机、电冰箱、洗衣机、摩托车……一应俱全。

有手艺，有人缘，有钱，眼睛的一点瑕疵也可以忽略不计了。邓久九二十八岁成家，妻子白净丰腴、眉眼带笑。结婚前，她在镇上的小五金厂做车工。嫁到邓家，她没再去上班了。邓久九不让她去，说，家里不缺她那份薄薄的薪水。他还说，只有没出息的男人才要老婆到社会上抛头露面，自己虽然是个卖肉的，但养得起吃闲饭的老婆。

这话——怎么说呢？很入女人的耳。隔了年把，妻子为他生了个八斤重的胖娃娃。脸盘子和爸爸的一模一样，两只眼睛水灵灵、圆溜溜。邓久九大大地松了口气，说："儿子，你将来多努力呦，老爸攒钱供你上大学！"

邓久九的信誉变坏源于他学会赌钱。

猪肉区有个黑瘦的杀猪匠，老光棍一条，嗜赌成性，收了摊常常不回家，纠结了镇上几个以打牌为业的街溜子在肉案子边斗地主。邓久九收摊也迟，绞肉机什么的冲洗干净，总比别人晚走几步。起初，他对那些打牌的人并不在意，听到他们一浪高一浪的欢呼声，还觉得刺耳。有一回，他被黑瘦的杀猪匠拉过去看牌。碍于情面,他没拒绝。没想到这一看,勾起了他的兴致。试着坐下来玩了两把,经过老光棍的点拨,竟然赢了好几百。

这来钱的速度比起早贪黑地卖肉快多了!

从那次起,邓久九渐渐迷恋上了你来我往的下注。卖肉的当儿,心早飞到斗地主、炸金花和叠骰子上去了。他卖肉的进账没变,变的是出账。赌博是个魔性的无底洞,赢了还想赢,输了更想扳本。上了牌桌,赢的钱有数,输的钱没数。于是他不得不拆东墙补西墙,用猪肉款垫赌资。日复一日,窟窿越来越大,欠了一屁股的债。父母骂,妻子劝,他一律当成耳旁风,通宵达旦地和那些牌搭子混在一起。实在债台高筑了,就跑出去避风头。老主顾们来菜市场,看不到他的人影,肉案子上空荡荡,不解地问相邻摊位的杀猪匠:"阿九去哪里了?他不卖肉了吗?"

被问的杀猪匠龇牙一笑,并不多言。

邓久九的老婆在镇上的工业园区找了一份装配的工作,一个月三千五。有什么办法呢?柴米油盐酱醋茶,哪一样不要开销?丈夫三天两头跑得不知去向,没有钱拿回家,还要帮他应付上门的债主。她也很难熬,想一走了之,可她走了,老人怎么办?孩子谁照顾?

邓久九一个人在外省待了七八年,他的妻子对外说丈是去打工,做生意。也有知情人说邓久九在牌桌上勾搭了个小他六岁的女人,跟着人家跑去了江西,在那边的建筑工地做门卫。

重返镇上菜市场时,邓久九的变化大得惊人。干瘦、憔悴、面色蜡黄,那只原本有瑕疵的右眼,黑眼球似乎萎缩得更厉害了。他重操旧业,还是卖肉,只不过,他与最好的摊位无缘了。他投中的摊位在猪肉区第二条通道的里半边,顾客们从前面的肉案子挨个儿走到他这里,手上差不多都拎好一块肉了。他的客源少得可怜,不要说整猪了,就是卖半头猪都很困难。

年前年后的那段日子,猪肉区其他杀猪匠的老婆全出场了,戴上袖套、围裙,在自家的肉案子上给丈夫递递接接,打打下手,收收钱。邓久九的老婆一次也没露面。邓久九懒洋洋地靠在一张灰扑扑的竹椅子上,指缝里夹着一支烟——他现在烟瘾很大,一天两三包,牙齿熏得黑黄黑黄的。

田细佬

人生三大苦，田细佬一人占了两样。

"细佬"是排行，也是名字。细佬两个姐姐、三个哥哥。他出生时，娘托着老鼠崽似的小毛头直犯愁：屋里穷得四壁光溜，米缸中难得有隔夜的粮，一群大娃娃们还缺衣少食呢，老天爷咋又送来了一张吃饭的嘴？

月子里，细佬娘的奶头瘪得可怜。无奈的细佬爹向邻居们借了点米，熬了稀薄的米汤，日日将养着，好歹吊着细佬的一口气。可光靠米汤终究不顶事哪！细佬瘦得皮包骨头，饿得连叫唤的力气都没了。大人们都以怜悯的眼神审视着这个甫出世的小东西，心里做了最坏的打算。

该当细佬命不绝！半个月后，村里正好有个年轻媳妇儿足月产女了，人家的身子骨壮实，又是头胎，奶水很足。细佬年迈的祖母隔两天就把细佬裹在怀里，颠着小脚跑去人家门上，觍着脸给小孙子求一顿饱餐。

庄户人家心眼实在，善良，坚信救人一命胜造七级浮屠。自家囤的口粮够了，哪里忍心不出手相帮呢？

就这样，细佬幸运地留下了一条小命。因为饱一顿饥一顿的缘故，他打小体质奇差，既受不了热，也扛不住冷，隔三岔五在脑门上冒头的疖子，摸起来像未熟的青杏儿，大大小小的脓疮此起彼伏，头疼感冒更是家常便饭。

儿多女多，爹娘顾不了许多。不复杂的小毛病，搞点草药灌下去，焉儿了吧唧地捂在被窝里发发汗，躺一躺，也就闯过去了。最讨厌的是发高烧，细佬每次发高烧，必定抽筋。抽筋很吓人！两眼翻白，牙关紧咬，直挺挺地往后一倒，咕咚一声，顿时失去了知觉，有出气，没进气。

细佬的奶奶对付抽筋有一套土办法，她先用力掐细佬的人中，把细佬掐出一口气，接着吩咐大孙女抱住细佬，两个大孙子一左一右钳制住细佬的小手。她撬开细佬的嘴，用粗大的缝衣针飞快地扎向细佬的舌中部位。她出手快、准、狠，一针穿透。只见细佬满嘴涌动着乌黑的坏血，不大会儿工夫，他的眼睛慢慢张开，绷直的身子懒蛇般瘫软了。

奶奶擦擦额角的汗，把细佬紧紧地搂在怀里。

害疖子、生疮虽没有惊厥抽筋那般大张旗鼓，但细佬终生难忘。滴水成冰的冬日，娘实在张罗不出像样的内衣，他穿着空壳棉袄棉裤——棉袄棉裤是哥哥们穿小了、旧了的，不知洗了多少水,破破烂烂,早已像青石板一样僵硬了。他每转一次身,每弯一下腰,每屈一回膝,每一个细微的动作,都导致肿胀发烫的疮和老棉袄打满补丁的粗布里子短兵相接。皮肤磨破了,黄脓涔涔地往外渗。日出,日落,焐了整整一天,干结了的黄脓一边贴在肉上,一边糊在棉袄里子上。临睡前,细佬脱下棉袄,痛得眼冒金星。剥皮也不过如此!

细佬八岁那年的腊月二十三,娘去河埠头洗被单,不慎落水,救上来时已经不行了。

河埠头离家不足两百米,是细佬娘去熟了的地界,淘米洗菜、洗洗涮涮,从早到晚,没有三趟,也有两趟。河岸不陡,往下走的台阶是细佬爹一锹一锹掏出来的,木板钉出的高脚水凳平整结实,踩上去不摇不晃。水凳四周水位不高,盛夏时分,半大小子在水里摸螺蛳抓小鱼,河水至多齐他们的大腿根儿。想不到四十出头的细佬娘竟然断送在这样的浅水里!

除夕夜,村里家家户户请灶神爷、贴春联、放炮仗,高高兴兴地辞旧迎新,只有添了新丧的细佬家愁云惨雾,一片悲切。尤其是细佬的奶奶,细佬娘下葬当日,她哭得昏天暗地,晕死过去好几回。不怪她老人家伤心,她婚后迟迟不开怀,夫妻俩托人介绍,抱回了尚在襁褓中的细佬娘,悉心养大,招了个老实巴交的上门女婿,开枝散叶,一家人其乐融融。老伴因病离世后,她本指望养女为她养老送终,可祸从天降,变成了白发人送黑发人。悲伤之余,她满腹的心思:养女不在了,女婿还年轻力壮,孩子又是一大串,往后的日子该怎么办?万一女婿再找个人,会像养女一样亲近她、孝顺她吗?会打心眼里善待孩子们吗?……

一茬接一茬的焦虑压得她恍恍惚惚、郁郁寡欢。很快,她就病倒了,躺在床上前后半个来月,水米不进。临死前,她骨瘦如柴,口不能言。几个孩子跪在她的面前,她不舍地拉着细佬的小手,一个劲儿地淌眼泪。细佬是她一手带大的,她实在放心不下这个病恹恹的孩子啊!

娘和奶奶没有了,细佬的长姐做了父亲的副手。兄弟姊妹七个,别的不说,光穿鞋都是个大工程。大姐白天去集体干活挣工分,晚上就抓紧时间纳鞋底,给弟弟妹妹们做新鞋。一个人一年只有两双布鞋,架不住天天套在脚上。天不太冷的话,细佬都打着赤脚。不管去哪儿,他习惯先把鞋子揣在口袋里,一路走下去,快到目的地了,下河洗干净脚,再穿上鞋子。

长姐嫁了人,还是瞒着公公婆婆,偷偷帮娘家的弟弟妹妹做鞋子。细佬的两个姐姐,只有长姐留在了近处,十七岁的二姐跟着支边的亲戚去了新疆。亲戚夫妻是卷烟厂的双职工,二姐在亲戚家做家务,带小孩,包吃包住,不发工资,等于廉价保姆。二姐不识字,在新疆待了两年,连信都不会写。寄人篱下的日子不好过,心里委屈得慌,却没一个能讲知心话的亲人,她受不了这份孤寂，托回内地探亲的亲戚给父亲捎了话，要么让她归家，要么派个弟弟过去，和她做做伴儿。

父亲讲了这事，他没有明着点名，只是说："你们二姐即使回来了，又能如何？还不是继续苦哈哈地熬日子。我不是心硬，要赶谁走。与其大伙儿绑在一起受穷，还不如借着这个机会出去试试。"

几个男孩子，你看看我，我看看你，谁也没吱声。最终跟着新疆亲戚一起走的，是细佬十五岁的大哥。大哥高小毕业，读信、写信不成问题，而且他个子高，长手长脚，在大西北能给二姐撑腰壮胆。

大哥启程的早晨，细佬哼哼唧唧地磨蹭了好久，拉住大哥的衣襟不放手。大姐只当他重情义，舍不得兄长远走他乡。其实他还小，没有别离的紧迫感，也不懂得忧愁，他不过是羡慕大哥从头新到脚的衣服、鞋子，羡慕大哥手上拎着的一小兜当路粮的鸡蛋、白馒头，羡慕大哥可以去乘坐乡下孩子从来没见过的汽车、火车。

人到中年后，细佬偶尔还会回忆起三十多年前那个懵懂无知的自己，捎带着做一个不切实际的假设：如果那次被亲戚带去新疆的不是大哥，而是他，那么，兄弟俩的人生轨迹是否也会互换，彼此都过着与眼下截然不同的生活？

当然，细佬没时间一味沉迷于想象，一支烟抽完了，该干什么，就得干什么。该他的日子，还得他一天天地往前挪。他的日子有点一言难尽，有家，却没有妻子——妻子三十多岁时因病去世了。有孩子，四个，清一色的儿子，虎头虎脑，齐刷刷地往他跟前一站，登梯子似的。邻居王大婶心直口快，不止一次地和细佬开玩笑，说这些娃都是讨债鬼投的胎，前世细佬欠了他们的，这一辈追过来要老子的命呢。

王大婶的话糙，理不糙。要是四个女儿，做父亲的用不着多操劳。姑娘大了，哪怕筹不起嫁妆，照样找得到婆家。四个儿子的负担就大不同了，往后盖房子、娶媳妇，样样要靠钱砸下去。田细佬区区一介卖鱼的，累死累活的一点收入，如何填得满这四只大窟窿？

"填不满也没办法，我尽到心就行了。"细佬慢条斯理地说，"各人有各人的命。"

"命"是什么？是人被现实欺压得喘不过气来时的一块挡箭牌。信了命，才能认命。认了命，才不会困惑，不会抱怨，才可以平静清明地扮演好命运分配给自己的角色。

菜市场的会计是个神神道道的外地人，闲来喜欢钻研五行八卦之类的玄学书籍，经常自告奋勇地帮人看相算命，不收费。细佬本来不信这一套，架不住他的撺掇，报出了自己的生辰八字。会计仔细掐算了一番，语出惊人，他说细佬生根晚，磨难重，和娘相克。十岁前，细佬和他的娘，只能活一个。他还说田细佬犯天煞孤星，情深缘浅，命中注定打光棍，即使真娶了妻，恐怕也不得白头。

会计讲得很详尽，哩哩噜噜一长篇，有些专业术语细佬听得云山雾罩，真正入了他耳的，也就是"早逝的亲娘"和"打光棍"这两条。呵——这就是所谓的命，人强不过命！他以为自己会流泪，但是没有。不是每个人都能在该哭的时候掉下眼泪，或许躲在暗处哭过很多次后，他在不知不觉中已耗光了所有的眼泪。

王大娘热心，见细佬一个人既当爹又当妈，就劝他趁着年轻赶紧再找一个。屋里有个洗衣做饭的女人，知冷知热，男人才能专心在外赚钱。

细佬苦笑：孩子他娘生病那会儿借的债还有一屁股呢，加上这四个吃穷老子的半大小子，除非女人的眼睛生在胳肢窝里，不然谁愿意往这烂泥坑里跳？

儿子们未成年时，细佬没续弦。等儿子们一个个成家立业了，细佬更不思量这茬儿了。他单身多年，心态上麻木了，何况老年人的婚恋埋藏着诸多隐患，搞不好要给小辈们添堵。他的晚年在同龄老头儿中算是排得上的了！儿子们感念父亲多年无怨无悔的付出，都尊重他，孝顺他。老大是一家不大不小的装潢公司的老板，老二开南北货行，老三做建筑工程师，老四是公立学校的语文老师。在细佬六十大寿的家宴上，儿子、媳妇们商量好了，每个月给他发三千块的零花钱。

农村开销不大，三千块钱应付日常生活，绰绰有余。细佬不讲究吃穿，不喝酒，抽十元一包的红塔山，多出来的钱，他不定期地送到弄堂深处的洗头房里去。洗头房的老板娘会来事，见到他上门，一口一个"大哥"，客气得不行。他去洗头房也不全是为了满足生理上的需求，上了年纪，越来越怕冷清。儿子们在几十公里外的市区买了房，平时各忙各的事业，不年不节，很少回家。花百儿八十块钱，就能得到异性的温情陪伴，明知那样的陪伴是虚伪的，是醉翁之意不在酒的交易，总好过独自坐在家里的沙发上对着电视机屏幕发愣。

细佬的结局有点戏剧性——他死在了常年光顾的那家洗头房里一个四十多岁的洗头女的肚皮上。人命关天，洗头房老板娘不得不报了警。救护车、警车，都火速赶来了事故现场。

好事不出门，丑事行千里，一时间，"高龄老头儿嫖娼，死于马上风"的新闻传得沸沸扬扬。

活在世上七十八年，田细佬默默无闻；死了，反倒成了家喻户晓的"老不正经"。

据说，有人曾劝过田细佬的儿子，抨击他们的父亲死得有伤风化，身后事应一切从简，免得招人耻笑。田细佬的大儿子一拍桌子："嘴长在别人脸上，别人要怎么评论，我们管不了。我父亲快八十岁了，还能去洗头房，证明他身体好。就这一桩，有多少人不及他！那些家里有老婆的人还跑外面偷腥呢！我父亲幼年失母，中年丧妻，一个人抚养我们兄弟四个，安分守己，从来没做什么出格的事。他压抑了大半辈子，他是个人，不是神仙！"

出殡当日，田细佬的儿子、媳妇、孙子、孙女，齐齐到位，披麻戴孝，庄重至极。乐队、唱戏、做道场，一样不缺。

有福嬷嬷

有福嬷嬷在菜市场卖菜。

菜市场卖菜分两个区域，一个职业商贩区，一个自产自销区。职业商贩区的名额是固定的，大大小小几十个，菜市场每年六月份发布一期投标通告，约定具体时间举行投标活动，凡有意向者均可报名。每只摊位预设标底，位置越占优势的、面积越大的，租金越贵。报过名、缴过保证金的商贩在菜市场组织下，接受多名公证员现场监督，公平竞价，价高者得，使用期限一年。

职业商贩自己家不种蔬菜，他们只投入钱和人。钱即一笔不菲的摊位费，人呢，多是夫妻档。男人夜里十一二点起床，驾驶货车数十公里去市区大型农副产品批发市场进货，满车返回时，天色还未明呢。早已系着围裙等候着的妻子立刻开足马力点货、理货，把几十种货品分门别类地陈列在自家摊位上。一套流程做下来，来不及喘口气歇息一下，就得亮出笑脸接待陆陆续续走进菜市场的第一批顾客了。

整个上午，摊主夫妻可谓是眼观六路耳听八方，嘴不停，手不停，脚不停，大脑安装了加速器似的，一直转到中午十一二点，才拖着疲惫不堪的身体整理被买主们挑拣得乱七八糟的菜。坏的、烂的扔掉，剩下一部分卖相尚可的打包纳入冰箱，留着明天降价处理。

寻常日子，职业商贩下午不开摊，夫妻俩在家补个觉，男人趿拉着鞋子去棋牌室消消闲，女人拾掇家务，洗洗涮涮，接孩子下学。但逢年过节——端午、中秋、国庆、春节这几个人流量相对集中的大节日，商贩们就必须连轴转，早饭都顾不上吃，中饭马马虎虎混个肚儿圆，窝在摊位的角落里眯一歇儿，继续开市至华灯初上。

商贩赚钱吗？

答案是肯定的。不过，这样的钱真不是人人有本事赚的。一要身体健壮。成百上千斤的蔬菜包，亲力亲为往车上搬，没点力气可不成。二要吃苦耐劳。半夜的瞌睡多沉啊，风雨无阻往返几十公里，一个星期还好说，一个月、一年、几年呢？三要情商高。百人有百心，和颜悦色、大大方方的顾客有，斤斤计较、吹毛求疵的买主也有。前者友好沟通，一拍即合。后者嘛，既要考验耐心，还要善用脑筋。最要紧的是把别人钱包里的钞票变成自己的，断不可为了一时的爽快和买主翻脸置气。

做得成功的商贩，绝不逊于金牌推销员和优秀售后经理。

买进卖出的职业商贩们不易，自产自销区的农民们也不易。他们是中年妇女和六七十岁老人混合的群体，几百块一年的摊位费倒是不贵，苦的是面朝黄土背朝天，拿力气拼。清明脚跟卖毛笋，上品的白壳笋都躲在深深的黄泥底下，不拿出吃奶的力气根本掏不出来。几十上百斤的笋凭一根扁担从高高的山上背下来，一身泥，一身汗。春分过后，各种蔬菜瓜果压着时间一批批种下去，除草、施肥、打虫，天旱还得浇水。下午劳作，上午赶街。畈里长的，统统拿到菜市场卖钱。自产自销嘛，就是这个意思。

如今的人吃得讲究，本地农民用鸡粪、猪粪之类的有机肥种出的菜，口感比化肥、膨大素挟持着成长的大棚菜要好很多。况且大棚菜隔省隔市远道而来，农民的菜可都是现割现卖，大清早拎到菜市场来时，叶子上还附着露水；掰下没多久的玉米吃起来鲜糯无比；从土里刚挖出来的花生，外壳裹着潮乎乎的泥巴，煮熟后甜津津的。

夏天，瓜果占了自产自销区的半壁江山，菜瓜、香瓜、西瓜、李子、桃子、火龙果、黄花梨、葡萄……秋天，栗子上市了，大的是魁栗，小的是珠栗。枣子脆生生，橘子香喷喷，嫁接过的猕猴桃毛茸茸，山里采摘过来的野生猕猴桃外皮滑溜溜。

城里人来逛乡下菜市场，自产自销区是首选，农家菜的价格相对高一些，但他们喜欢这份新鲜与原生态，愿意多往外掏几块钱。

冬天是团笋的旺季，自产自销区里的团笋排成长长几溜儿任君挑选。有人只认本地出产的笋，有人不以为然，什么外地本地，还不都是个笋。

——嗨！那可两回事。

——瞧你说的，哪里不一样了？

——切在刀口上响声不一样，吃在嘴里的鲜脆劲儿不一样！

在这个偌大的菜市场，有福嬷嬷是特别的存在，她不在职业商贩区，自产自销区也没她一席之地。她是个修炼得法的高手，不动声色地做到了人货合一。她卖的东西杂得很，变来变去，有时是自家地里种的时蔬，有时是去山脚下、溪道里弄来的野菜野果、螺蛳黄蚬之类的山货。量不大，一只条纹蛇皮口袋盛着，拎来，先找个稳妥地方放好，接着化整为零——蔬菜嘛，取出少部分拿在手上，带水的螺蛳、黄蚬装在一只小塑料盆里。她混在熙熙攘攘的人流中，走走停停，频繁地晃动着手上的东西，看似没有章法，其实是在有目的地筛选合适的买主。

有三种人，有福嬷嬷会"咬定青山不放松"：气派和善的老板、并肩走的男生女生、领着小孩的年轻父母。她兜售的方式很独特：不开腔，不笑，一只手擎着她的货色，固执地往前送，眼睛紧盯着买主，举止神态中完全没有"请你帮个忙，买下我的东西吧"的畏畏缩缩，反而像是"今天你一定得买，不买不行"的咄咄逼人。

老板不差钱，乐善好施，有福嬷嬷塞来的东西好差无所谓，他乐得在大庭广众的眼皮子下奉送一份怜悯——那可是一个瘦小的、皱纹满面的老太太啊；并肩走的男生女生脸皮薄，他们可能刚涉爱河，彼此打量，暗中揣摩，都想在对方的心里折射出一个好印象，带着菜拦住了路的有福嬷嬷恰好给他们提供了契机；最后是领着小孩的年轻妈妈或爸爸，孩子多天真纯净啊，学校里的老师教育他们要善良、乐于助人，爸爸妈妈引导他们要尊老爱老，长大做一个孝顺的人。故而，当看上去灰扑扑的、一脸落魄相的有福嬷嬷执着地向年轻的妈妈或爸爸们展示她的货品时，哪怕心里再多勉强，都不舍得让孩子无邪的眼神蒙了尘。

市头好好差差，那是别人的担忧，没有有福嬷嬷脱不了手的东西，尽管她的蔬菜品相非常欠佳。老伴去世好几年了，她少了得力帮手，或者，七十岁左右的她本身就是个不擅农活的人，种出来的小白菜叶子上布满虫眼，茄子干瘪憔悴，南瓜臃肿潦草。有一年，她在兜售南瓜时，场面差点失控。那好像是中秋节的早晨，菜市场的人流较往常多了一倍，她锁定了一对牵手逛菜市场的年轻男女，两手捧起一个圆圆的青南瓜三步并作两步拦下了他们。她一贯地不言语，只缓缓地把南瓜送到男孩的面前。第一次，男孩愣了一下，女孩礼貌地笑笑，摇摇头，拉着男友偏开了。一击不中，有福嬷嬷并不气馁，不慌不忙地转过身子，用相同的姿势再次拦在了那对年轻男女面前。男孩尴尬地摸向裤子口袋，打算掏出皮夹子买下了事。女孩明显有些不悦，微微拧眉，扯住男孩的胳膊若无其事地绕过了有福嬷嬷的南瓜。

人家的拒绝明明白白，有福嬷嬷要是就此打住，便罢了。可有福嬷嬷在接连两次的碰壁后，越挫越勇，又一次做了拦路虎。

这下女孩生气了，恼火地质问有福嬷嬷："大妈，你老拦住我们什么意思啊？"

有福嬷嬷勇敢地杵着，眼神木然。

男孩小声地劝阻女孩："算了，算了，她这么大年纪了。"

"真好笑。"女孩愤愤地提高嗓音，"年纪大怎么了，自产自销区那些种菜卖菜的人，有几个年纪不大？难道个个像她这样强卖吗？"

"一个不值钱的南瓜，买了吧。你不爱吃，可以扔掉。"

"不许买！这不是值不值钱的事。她越是这样，我越不买。年老就是理由吗？就有死打烂缠的特权吗？我讨厌道德绑架……"

女孩子的声音越来越高，有福嬷嬷的圆脸战略性地板着，没有半点塌方的迹象。手中的南瓜泛着青绿色的亮光，像一件不慎失落在民间的珍宝。一些路过的人好奇地停下脚步，对着愤愤不平的女孩和赖着不走的有福嬷嬷指指点点，笑得意味深长。

那只南瓜按市价算，也就五六块，最终却换到了十块钱。买主并不是那对年轻的男女，一位派头十足的中年男人出面打了圆场，他掏钱的理由是：老人家，不容易！

众目睽睽之下，有福嬷嬷捏着那张纸币走了，背板笔挺。似乎别人的眼光哪怕刀子一样锋利，都伤不了她的一根汗毛。隔天早上，她那游移不定的身影又飘在了菜市场的主通道上，右手托着一束蔫巴巴的青菜。

没过几个月，有福嬷嬷去世了。很突然，她下地干活，结果就没能回家。被邻居发现时，人半跪着，脸贴着地面，一鼻子一嘴都是泥土。邻居联系上了她的女儿，不知道为什么，女儿没有回来奔丧。再打电话，那一头就是一个温和的女声："对不起，您所拨打的电话已停机。"

有福嬷嬷婚后多年不育，唯一的女儿据说是未出门子的大姑娘的私生子，半夜三更扔到她家的窗户下。她和老伴含辛茹苦地抚养女儿，供她上学。女孩大学毕业，在外省找了一份工作。现状如何,住在哪儿,有没有结婚,有福嬷嬷两口子都不知情。养父去世时,她匆匆忙忙回来了一趟,没过夜就走了。

帮忙处理后事的几个村民在有福嬷嬷的床底下拖出一只方方正正的大木头箱子。箱子很沉,挂着一把老式的铜锁。村主任做主撬开了那把古色古香的锁,原来是一箱小面额的钞票,一元、五元、十元、二十元,钞面虽新旧不一,可整理得平平展展。也许保存的年数多了,床底又潮湿,有些钞票上面浮出了星星点点的霉斑。

村里的会计清点了两遍,拢共一万五千六百四十元。

白蛇

郭关军是个"混子"。

混子是我江苏老家的说法,这个"混"不是胡混,而是混搭,意指不从事正式的行业,但也能通过独特的方式自由谋生的人。在平原上,混的名堂很多:捞鱼、打野鸡、钓老鳖、抓蛇、网田鸡、套野兔、挖黄鳝、捕鸟儿、弶黄鼠狼、扒螺蛳黄蚬……诸如此类"十八般武艺"样样精通的人,才配得上混子的"桂冠"。一个村大几十号的男人里头,至多也就出个把叫得上名儿的混子。

混子的头脑灵活,动手能力极强,家中都摊着一大堆自制或改装过的大小工具。他们肯吃苦,胆子大,昼伏夜出,不兴搭伴协作,只能是单枪匹马地在空旷漆黑的田野、河沟、树林,甚至阴森森的坟地里活动。穿着高筒靴,挎着一只扁扁的竹篓子,一边走,一边用大号的手电筒东照西照。手电筒的光芒犹如一柄锋利的宝剑,深深地扎进夜色的心脏。

混子男孩一般都早早成家了，他们身上自带一种招女孩子喜欢的痞气，有点淘，有点坏，有点神秘，又有点与众不同。事实上，身为混子的老婆，幸福感挺强。寻常夫妻过日子，一日三餐决定了生活的质量，混子的老婆不愁吃，天上飞的、水里游的、田里蹦的，只要混子搞到手，她一准儿先吃油了嘴。混子的老婆也不愁用，别小瞧了混子拎去县城兜售的那些鱼儿、虾儿、鸟儿，农村人不高看它们，城里人可是把它们当成好货抢着买，混子的收入比长期走家串户的手艺人还要好。

混的本质在于靠山吃山、靠水吃水。本地既有密密的山林，又有潺潺的溪水，郭关军出手的东西自然五花八门了。一般情况下，郭关军在镇上的菜市场卖溪坑鱼。丘陵地带多溪道，游弋在溪流中颜色、模样不尽相同的各种小鱼统称为溪坑鱼。溪坑鱼不同于湖里河里的鱼，它们是鱼类中的侏儒，大小终其一生只保持在五厘米左右。因了溪水的清澈、纯净、无污染，溪坑鱼的品质出类拔萃。别的鱼类都能人工养殖，溪坑鱼不行，它们非常娇气，一旦离开了溪水就活不成。正因如此，溪坑鱼的身价远远凌驾于其他鱼类之上。洗净的溪坑鱼可炖汤，其汤汁浓如牛奶，妙不可言；可加一把小葱红烧，鲜美肥嫩，入口即化；可裹上蛋清、淀粉，沸油炸至金黄色，佐以米醋，外脆里酥，是景区农家乐长盛不衰的招牌菜。

隔个三五天，郭关军就跨上黑灰色的钱江125跑一趟市区，给几家主打野味的小饭馆送货。摩托车后座两旁错落有致地绑着几只蓝色的塑料箱，箱子里盛着水，水里的小型增氧机噗噗地冒着泡泡，密集的泡泡下面挤在一起的是石蟹、老虎鱼、石蟾等几种乡下集市不常见到的野物。

郭关军还逮到过一只活的獾子。獾躺在地上，样子有点像狗，又有点像小野猪，它的四只爪子被细铁丝牢牢缠住了，不停地挣扎着。铁丝伸缩性大，它越是挣扎，铁丝越往肉里陷。獾在惊恐与疼痛的双重夹击下躁狂不安，龇牙咧嘴，嗷嗷尖叫，惹得路过的人纷纷驻足，里三层外三层地把郭关军和獾子围住，你一言我一语地讨论獾肉的肥瘦，氛围搞得比真的在品尝獾肉大餐还要热闹。

郭关军嘴角带着若有若无的笑意，表现得很淡定。从十六七岁开始混，至眼下的三十出头，这般七嘴八舌的热闹他早习以为常了。他搞到的"货"会根据四季的变化做调整，獾子几年才能碰到一只，等卖斗米虫和蕲蛇的时机一到，那样持续的热闹才是他欢喜的。

斗米虫的别名叫鸟不踏刺虫。本地人可不管什么别名不别名的，他们只知道这种软绵绵的、通体棕黄、形似幼蚕的虫子在古时候必须要用一斗米才能换到，因而叫斗米虫。

《本草纲目》《神农本草经》《中华本草》《中药大辞典》对斗米虫均有记载，注明它有益消化，治疗筋骨疼有奇效。坊间还有斗米虫能治疗小儿疳积和提高身体免疫力的说法,其在浙东民间的应用由来已久。

斗米虫寄生在一种长满倒刺的灌木里——它单单选择这类树,从树根部钻一个小孔,进入树内,专心致志地啃食树心。秋末冬初,郭关军一趟趟地进山,像樵夫一样把住着斗米虫的灌木一截截地砍断了捆在摩托车后座拉回家攒起来。树段中的斗米虫察觉不出自己赖以生存的"大本营"已经被人连锅端了,依然傻乎乎地啃着树心度日,几个月内都性命无虞。

等到卖的时候,一大早,郭关军坐在街边守着一堆长长短短的灌木,神情笃定。买主自行挑选中意的灌木,谈妥价格——斗米虫按条卖,大小不论,一百元一条——现场开虫。郭关军一手固定住灌木,一手持一把粗重的柴刀,框定角度,漫不经心地劈下去。

进山找虫子不算难,普通的山民也能碰碰运气,考验真本事的是现场开虫。粗糙的灌木上布满了虚虚实实的虫子洞,不是内行根本无法判断虫子的准确位置。而且,柴刀下去的力道尤其要控制得当。轻了,多费功夫;重了,虫子当场就被砍得身首异处了——毙了命的斗米虫是不值钱的。

郭关军从没有失过一次手。当他在"咔、咔、咔"三声后精准地开出一条斗米虫后,以他为中心围成铁桶状的老先生老太太们情不自禁地发出了赞叹声。

卖斗米虫的成就不光是丰厚收入，郭关军还收获到一个"郭三刀"的美称。一刀不多，一刀不少，轻重缓急，三刀见真章，他是个左撇子，灵活的左手似乎天生是为握砍刀、抓蕲蛇而生的。

蕲蛇长着个扁扁的脑袋，嘴尖尖地翘起，身上的花纹排列得很规律，像一个个连接在一起的黑褐色等腰三角形。郭关军说蕲蛇的颜色和枯树叶相近，常常盘成圆饼状避在幽暗处半天不动弹。它是个懒货，别人不冲撞它，它基本不主动发动攻击，即使咬了人，都不着急逃跑。

我缩着脖子问："蕲蛇不就是五步倒嘛，毒着呢，你的胆儿可真肥，去惹那祖宗，真不怕被它咬死？"

郭关军咧嘴一乐，一排被香烟熏得面目全非的大板牙暴露无遗，他满不在乎地晃晃脑袋，说："先注死，后注生，一人一命。人该当怎么个死法，一出娘胎天老爷就早早安排好了，逃也逃不掉。"

我又问："年纪轻轻的还挺信命理的呀，既然人的生死是命中注定的，那你觉得蛇的生死有玄机吗？"

郭关军咕咕地笑了："蛇命能有什么玄机？它的生死我说了算。它碰到我，是它运气不好！"

在菜市场混了这些年，我和郭关军私交一般，互相加了微信，但不在微信上搭话。生意不大忙了，也能啰啰唆唆拉点家常；不过一旦切换为买主与卖主的身份，我们马上又旗帜鲜明了。郭关军曾经从云顶的大山深处采来了两朵野生灵芝，本来我是想要的，问了一下，他说不低于四百块。我笑了笑，没说什么，心里却暗暗地嫌他不地道：灵芝的盖儿就比鸡蛋稍大了一圈，有那么贵？还熟人呢。

蕲蛇泡酒能治风湿关节炎，为了确保蕲蛇的毒液毫无保留地释放出来，得活体浸泡，用一只和吊桶差不多大、灌满高度烧酒的玻璃瓶子，瓶底杂七杂八地添加了十来种中药材。郭关军抓来的蕲蛇在被塞进玻璃瓶前还能享受一个全身SPA。SPA这个词是我说的，因为郭关军一只手捏着蕲蛇的七寸，一只手细致地自上而下捋下来的样子，很容易就让我想到了一个正在给顾客做全身护理的按摩师。事实上，郭关军的这套动作是为了捏掉蕲蛇腹中残余的粪便。

买蛇的人站在离郭关军至少十步远的地方，兴奋又忐忑的目光随着郭关军的左手一点一点地移到蛇尾，直到一泡灰白色、黏黏糊糊的东西落在郭关军的掌心。他甩鼻涕泡似的把蛇粪甩向地面，手顺势在裤子上胡乱地擦几下，揭开酒瓶盖。

蕲蛇甫一落入酒中，求生的本能导致它的爆发力空前绝后，疯了似的在玻璃瓶里冲撞，前后左右，上上下下，撞得整个酒瓶簌簌地震动。若非郭关军用力地按着瓶盖不动，那条蕲蛇指不定就破瓶而出了。半个小时后，蕲蛇的力气耗尽，再也闹腾不起来了，肚皮向上、轻飘飘地悬浮在酒瓶中，像一条洗旧了的绸带，安静而诡异。

郭关军曲起两只手指在玻璃瓶外当当地敲击几下，蕲蛇依然一动不动。他咧咧嘴，放心地跑到一边去抽烟，最后一道用透明胶带封住瓶盖的"手续"就交由他的妻子接了手。

郭关军的妻子讲"椒盐普通话"，娘家在外地，是少数民族。她很漂亮，说是美女佳人都不过分，双眼皮、长睫毛，笑起来嘴角有两只深深的梨涡。相比之下，眯缝眼、高颧骨、一脸络腮胡子的郭关军长相就有点寒碜了。土老帽儿的他能抱得美人归，还得归功于他的混子生涯。郭关军的大舅哥在镇上的五金厂做车床工，那也是个标准混子，常常是厂里的活儿一结束马上兴致勃勃地往山里、河里跑，要么套上皮裤背着个电箱去电鱼，要么钻到竹林里去捣野蜂巢——蜂巢里的蜂蛹用食用油炸黄，拌上辣椒粉，下酒再好不过。

郭关军与大舅哥的结识就是从山林中的几次偶遇开始。两个男人在人迹罕至的幽静之处递支烟、借个火，慢慢地，也就能约到一张桌子上喝酒了。酒喝到一定程度，大舅哥主动做媒，撮合了郭关军和自己的小阿妹。

婚后第二年，郭关军的妻子生了个女儿，她不像当地的女人那样，找个小厂子朝九晚五地坐班、做做手工赚工资，她愿意坐着丈夫的摩托车来菜市场。郭关军卖野货，她就抱着女儿四处溜达，卖菜的摊子前站一会儿，卖肉的摊子前转几圈，人家一看她臂弯里的小人儿，眼睛便挪不开了，不停地咂嘴。郭关军的女儿肯定有名字，但菜市场里的人一律叫她洋娃娃。她长得实在太好看太可爱了，简直是从油墨画报里走出来的童星，哪怕在我们这个镇上可着劲儿找，也找不到第二个像她那么容貌出挑的小囡。郭关军爱极了他的女儿，上百块的芭比娃娃和玩具，女儿小手一点，他买得毫不犹豫。

女儿进了幼儿园之后，郭关军的妻子正式成为郭关军的帮手，专门负责宰杀与清洗。她处理泥鳅、黄鳝、甲鱼什么的，手法娴熟，看起来并不扎眼，反正水产摊上的其他女人也长期这么干。她让人倍感诧异的是杀蛇。

夏秋两季，郭关军钻到很深的山林里抓回了不少蛇，主要是无毒的黄蟒和乌梢。蛇和鱼类不一样，活鱼买回家自己也能开膛破肚，蛇不行，不要说提起刀杀它了，就是摸摸，恐怕也没有几个人真的敢伸手。郭关军的妻子杀蛇不眨眼，蛇尾巴踩在脚底，七寸掐住，剪刀咔嚓一声，蛇头弹出去好远了，蛇信子还在不停地吞进吐出。她一只手攥着蛇身，另一只手随便一扯，整张蛇皮就像人脱衣服一样轻轻松松地褪了下来。去了皮没了五脏的蛇亮着白花花的身子仍在痛苦地翻卷，尾巴颤抖着甩来甩去。

郭关军妻子的手小巧白皙，上面有不少细细的疤痕——那是被蛇咬过后留下的印记。有人问她："蛇咬人疼吗？"

她淡淡地笑笑："不疼。"

问的人不相信，盯着她的手，看了又看。

有一年夏天，郭关军抓到了条奇怪的蛇，盛在网兜里一亮相，菜市场里的小贩们连自己的摊子都不管了，争先恐后地跑出来瞧稀罕。

那是一条没有任何瑕疵、通体洁白的蛇。它盘成一个标准圆形，头微微昂起，矜持冷艳。它的眼睛也不是普通蛇类的灰色或褐色，而是浅粉色，像是爱俏的小姑娘用心勾出的眼影。

围着白蛇指指点点的人不少，问价的一个都没有。这东西不是小猫小狗，买回去能干啥？咱们这也不是大都市，哪有敢把蜥蜴、蜘蛛、蛇等冷血动物当宠物养的潮人？至于吃蛇肉，就冲着白蛇奇奇怪怪的红眼睛，谁敢有那个想法？有个常年吃斋念佛的老太太甚至当着众人的面，庄重地宣布白蛇不是凡间之物，是修炼未果的娘娘，郭关军从哪里请来的，应该还把它请回哪里去。

老太太用的是个"请"字，郭关军叼着香烟蒂，嬉皮笑脸地回老太太的话："既然你说它是娘娘，不如你把白蛇娘娘请回家好好地供着？"

老太太白了郭关军一眼，生气地丢下一句"不听老人言，吃亏在眼前"，扭头走了。

高温天气，白蛇困于网兜里几日，身子骨松松垮垮的，已不如刚一开始那么精神了。去围观它的人倒是还有几个，也不过匆匆瞟几眼而已。再新奇的东西也架不住天天展示。何况在乡下小镇，大家都忙碌得很，谁有那么多闲工夫总盯着一条蛇看呢？

那条蛇最终的去向一直是我心中未解的谜团——好像也就在那不久后，郭关军来菜市场的频率没以前那么高了。不卖鱼了，不卖龙虾了，不卖蕲蛇了，也不卖其他七七八八的玩意儿了，有时摩托车"呼啦啦"地从我小摊前经过，后座上空空荡荡。我喊他一声，他停下来简短地说一两句话，大多时候，仅仅回头冲我抬抬下巴，又轰一把油门离去，非常忙碌的样子。他沉默在我微信通讯录里好几年，在我快淡忘了他是谁时，他竟莫名其妙地来找我借三千块钱，我直截了当地回了两个字："没有。"

第二天，我怀着一点歉疚的心情想找他说句话，消息却发不出去了，系统提示，我不再是对方的好友。

听一个之前和郭关军走得很近的男人说，郭关军这几年的运气真不好，花骨朵一般的女儿不慎掉进溪坑里，没救得过来，妻子受不了这样的打击，成日郁郁寡欢，终于有一天留下一封信离家出走了；紧接着，他的老爹又患上了恶性肿瘤，医院里几进几出地化疗，钱流水一样地花了出去，人还是没了。

那个男人长长地叹了口气,说:"唉!先注死,后注生,一人一命啊。"

我觉得这句话挺耳熟的,想了好半天——原来,郭关军也说过。

金佩东

金佩东四十出头,是个收废品的——他自己管自己叫"收破烂儿的"。他的老家在安徽某个小县城的乡下,从那里走向全国各地的老乡们多半从事的是废品回收的工作。这么说,并无半分歧视之意。一个地方有一个地方的从业集中性,比如,有的地方出木匠师傅,有的地方出搓澡修脚的师傅,有的地方出弹棉花的师傅,有的地方出云游四方的和尚师傅,有的地方出补竹席拉棕绷的师傅,有的地方出做包子馒头的点心师傅。金佩东的家乡出收废品的师傅。

收废品这差事苦、累、脏,但门槛儿低,口袋里揣个巴掌大的小计算器,起步级的标配只三样:一辆大三轮车、一杆大秤、一副喊得开的好嗓子(现在用录音的电子喇叭)。从早到晚,四里八乡地溜达,吆喝到哪里,生意就做到哪里。收购的东西大大小小,五花八门:五金厂里的金属下脚料,淘汰的各种旧家电,锈迹斑斑的大铁门、水管、摩托车、自行车,花花绿绿的易拉罐、油壶、塑料瓶子、泡沫箱、塑料筐、蛇皮袋、报纸、杂志、废纸板、包装盒子……外行人看来，这都是些不起眼的破烂玩意儿嘛，能值几个铜钿？可经过收废品的行家归置后再一转手，利润就高得令人咋舌。几年下来，脑子活络的人业务面越来越广，生意越做越顺手，钱包越来越鼓。腰缠万贯、买房买车的，大有人在，江湖人称"破烂王"。

要说金佩东入行也十来年了，可总还滞留在小打小闹的层次上，没有任何起色，车斗里十回有九回浮皮潦草地捆了些歪七扭八的硬纸板和饮料瓶子。硬纸板巅峰时刻才一块多一斤，行情不好了，直接跌到四毛以下，而饮料瓶子无非三分五分一个，即使他那辆电动三轮车装冒尖了，一天的收入也高不到哪里去。

不过，金佩东出场的派头还是可圈可点的：有款有型的大背头，全方位地喷了"摩斯"，多大的风都岿然不动；夹克衫的拉链潇洒地敞开着，里面的衬衣整洁雪白；裤子的前缝笔直挺括，能切豆腐块儿；皮鞋面儿擦得锃亮，比狗舔过还要显干净。这样的装扮哪里像走街串巷收废品的？比起学校里教书育人的先生也毫不逊色。他的车把手上倒是配了只红白撞色的小喇叭，却是"聋子的耳朵"，装装样子的。真正发出声响儿的是他大儿子身上背的一只玫红色的随身听。

金佩东有两个年龄相差三岁的儿子，天天一左一右地偎依在金佩东的身边,活像观音大士座下的散财童子。这俩孩子三天两头为了一点小事儿掐架,金佩东不站队,随他们闹腾,反正谁也占不了谁的便宜。小儿子个子小,文弱。大儿子块头大,却有劲儿使不出来,他三岁时突发高热,抢救过来后落下了半身不遂的后遗症,走路一颠一跳的,脑子也不灵光了,春秋两季常发羊痫疯,有时好好坐着看电视,突然就咕咚一声倒了地,口吐白沫不省人事。他很少说话,唯一能让他展颜的就是听歌,不管什么歌他都爱听,《月亮之上》《当你孤单你会想起谁》《童年》《男儿当自强》……听到畅处,眼睛亮晶晶的,小小的肩膀随着歌曲的旋律摇来晃去,偶尔还能断断续续地哼出声。为了让可怜的大儿子开心,金佩东花了一百来块钱给他买了这个随身听,由着他当宝货似的时时刻刻背着,音量调到最大,招摇过市。

大儿子的实际情况在那儿,读不读书区别不大。小儿子四五岁时,就有熟人提醒金佩东,说,你得把娃送幼儿园了,不然以后没法上小学。金佩东的脑袋当时点得像小鸡啄米:"那是,那是……"

两年一晃就过去了,小儿子依旧雷打不动地做着金佩东的小跟班,不知道为什么还不去上学。

孩子不愿意?接受教育是一辈子的大事,岂是由着他的性子撒野的!

读书无用论?也不可能!金佩东一向崇拜文化人,讲话喜欢咬文嚼字，总因自己文化程度不高而略显自卑。

舍不得出学费？更不可能！金佩东不是个小气人，他一年到头施舍出去的钱少说也上千了。

金佩东施舍的场所在菜市场，他来买菜或向蔬菜摊的老板收购食品箱子时，如果恰巧碰到乞讨者，他再怎么少给，也绝不低于五十元。

菜市场的乞讨者大致分成两派。

一派是真正有缺陷的残障人士，头发凌乱，面露菜色，衣衫褴褛，缺胳膊缺腿的、失明瘫痪的、口斜眼歪的、天生侏儒症的，找个人流集中的路口待着，面前放一只盛钱的盆子。运气好的，一个上午能讨百十来块钱；时运不济的，也不过几十块的零钱罢了。

另一派是表演型的健全人，不论寒暑，双膝着地跪在一张白底红字的防水纸上。要么是亲人重病垂危，躺在医院门外等死，急求天价医疗费；要么家门不幸，天降横祸，孤儿寡母无以为继，急需吃口饱饭；要么是千里迢迢误入传销，备受摧残，九死一生逃出，众筹一笔返乡车票钱；要么爹死娘逃，居无定所，失学的小小少年志向远大，请大家资助复读的爱心款。这一派的乞讨者中，又要数套着校服背着双肩包的"失学少年"业绩最好。年龄小是优势，没爹没娘是痛点，哭得死去活来是演技，任谁走到他们面前都要忍不住软了心肠，然后默默地摸出钱包尽个心意。

几个小时的工夫,"失学少年"的膝盖前就堆满了各种面额的钱币。而那一堆充满同情心的善款中,一定有一张金佩东支持的百元大钞。金佩东不仅自己大方地掏钱,他还积极地充当义务解说员。上了年纪的老头儿老太太眼神不济,没法通过宣传文案了解"失学少年"的惨痛经历,金佩东就用不规范的普通话一字一句地读给人家听。读一行,咂咂嘴,感叹一句"苦命的孩子"。

有一次,来菜市场演"失学戏"的是个十三四岁的女孩子,天飘着小雨,身体单薄的小女孩就那么直挺挺地跪在湿漉漉的地上。金佩东一脸悲戚地赠送了一百块钱后,不知道脑子里是怎么想的,居然伸出手去搀扶那个女孩,执意让她站起身来。

两个人拉拉扯扯了几个回合,小女孩相当恼火。在围观群众狐疑的目光下,金佩东尴尬地住了手,小声地嘟囔了一句:"我就是见不得孩子受苦。"

后来,有官方媒体大规模地报道过这种欺骗式的乞讨手段,很多人都不信了,金佩东掏钱包时别人好意提醒他,他充耳不闻,照给不误。这么着,他的"好人"形象"金光闪闪"地竖起来了,提醒他不要上当的人反倒讨了个没趣。当着面人家没法发作,等金佩东转身走了,才摇了摇头,不屑地说:"一个收破烂的,自己还过得紧紧巴巴,摆什么大老板做派!"

金佩东的日子过得确实不怎么样,租来的三间小屋低矮潮湿,挤着一大堆杂物和五口人:金佩东的老爹、两个儿子、金佩东夫妇俩。金佩东的妻子个子高高的、黑皮肤、大圆脸,偶尔搭金佩东的电瓶车出来买菜,不笑,不说话,眼睛里雾蒙蒙的一片,像是隐藏着无尽的心思。她婚内出走过一次,既没留下只言片语,也没有带走什么值钱的东西,一下子就跑没了影子。金佩东小范围地找过她——拖着两个儿子,他不可能不管不顾地去找。再说了,就是找着了又能怎么样?她的心不在这个家里,你还能绑着她过日子吗?过了三四年,一个秋天的傍晚,金佩东一进院子,家里的灯亮着,妻子正在煤气灶上炒豆芽,挽着袖子,系着她在家时用过的那件碎花围裙。

她为什么又回来呢?在外的这些日子她是怎么过的?她没说,就和她没说当初为什么出走一样。

孩子需要妈妈,家里需要女人。金佩东接过妻子递过来的碗筷,扭头吩咐两个儿子:"去隔壁看看,爷爷回来了没有。"

金佩东的老爹不识字,一口的安徽土话,别人的话他不懂,他的话别人也不懂。他有一部叮当作响的破脚踏三轮车,早上天不亮就出门了,抢在环卫工人拖垃圾箱之前,捡些有价值的废品换点钱补贴家用,时不时地买点鸡蛋糕、火腿肠之类的小零食给两个孙子打打牙祭。白天他也出门,为了多挣几块钱,他得骑很远的路。他老婆六十不到就病逝了,留下三个儿子,依照农村的惯例,独居的老爹得三个儿子轮流养,安徽老家的两个儿子,一个在乡政府当文书,一个开油坊,家底子都不薄,可金佩东的爹一心投奔小儿子来了。小儿子脾性软和,只要不喝高了,就不乱发脾气。

金佩东爱喝酒,在家里他不多喝,一个人喝不出什么滋味。只要有出门喝酒的机会,他回回酩酊大醉。

历来在此处谋生的老乡们有个不成文的约定,过年过节总要聚聚。哪怕没有人通知金佩东,他也次次不落。但凡他一到场,别人都找借口不和他坐一处。他不光自己一杯接一杯地喝,像喝自来水似的,还非拉着同桌的人一起拼酒。他有一点好,不发酒疯,只是扳着酒瓶子翻来覆去地唠叨,倒豆子似的说大儿子的羊痫疯,说妻子的不冷不热,说老爹起早贪黑的艰辛……陈芝麻烂谷子的事情,说得一旁的人耳朵都长出了茧子。

金佩东的死非常突然。

他是死在饭桌上的。正月初五,十来个人凑在一户安徽老乡家吃饺子,贺新春。金佩东那天喝了好多酒,主人家劝也劝不住,拦又拦不下。预备着待客的酒全喝了个底朝天,他还不罢休,自己歪歪扭扭地跑到屋外的小店去买了瓶酒回来。刚刚在桌前坐定,他就啊呦啊呦地捂着肚子瘫下去了。救护车一路疾驰去了人民医院,急诊室抢救了一夜,隔天清晨又拉回来了。

他死于胃出血。

和金佩东同桌吃饭的人每个人赔偿了一万块。大家都觉得这一万块钱花得晦气,花得冤。

金佩东的妻子拿了赔偿的钱带着两个儿子回老家去了。

有人说,在金佩东的丧事办完后的第三天,他的老爹,也紧跟着去世了。

赔过钱的那几个安徽老乡叹着气,不约而同地说了两个字:害人!

包子

荣恩开包子铺,店铺就在菜市场门口。

荣恩三岁那年,娘胃癌晚期,疼痛难忍,以至于注射双倍剂量的吗啡都止不住了,万念俱灰之下,她趁着丈夫去镇卫生院为她配止疼药,咬着牙从床上爬起来,跌跌撞撞地挪到院子东北角的井台上,一头扎了进去。

等到荣恩爹匆匆忙忙地返回家里,只看到全身灰扑扑的荣恩乖巧地坐在井台边,肉嘟嘟的小手指指向井口下,笑嘻嘻地告诉爹:"娘——娘在里面呢。"

娘的葬礼上,戴着孝子帽,套着长及脚面的白孝服,腰间别着哭丧棒的荣恩被爹抱在怀里,向来吊唁的亲戚们跪拜行礼。荣恩死活不愿意,身子一个劲儿地向摆着各色水果点心的供桌前挣,一边挣,一边尖声哭叫:"我要吃苹果,我要吃糖果,我要吃芝麻饼……"

荣恩的外婆流着眼泪走过来,抖抖索索地抬起胳膊,准备抽荣恩一记，好让他闭嘴。结果，外婆的手掌举在半空中许久，终于还是无力地耷拉了下去。

荣恩娘才二十八岁，又是横死，所以丧事办得极为隆重。双方的亲戚都到了场，十六个和尚齐声诵经，敲敲打打，接连做了三天三夜的水陆道场超度亡灵。这件事在四里八乡一下子传开了，几乎所有的人都对荣恩爹交口称赞，说他重情重义，对得起亡妻了。

荣恩爹是个蛋贩子，长期骑着一辆挂着两只大竹筐的永久牌二八大杠自行车，挨家挨户去收购鸡蛋和鸭蛋，风里来，雨里去，攒到一定的数量就卖到上海的食品站。阴雨天，荣恩尚能见得到爹的人影。若是天气晴朗，荣恩爹不是在收蛋的路上，就是在卖蛋的路上。爷爷中风多年，瘦弱的奶奶一个人打理家务之外，还要侍弄好几亩责任田，能分给荣恩的关爱微乎其微。

幸好还有外婆家。

外婆家和荣恩家隔了一个村子，虽是寻常小门小户的日子，但只要饭桌上有一碗油水多一点的荤菜，外婆都要差使儿子去把小荣恩接到家里来打打牙祭。

荣恩很黏舅舅，舅舅出门玩耍时也乐意把小荣恩带在身边。

荣恩舅舅做木匠，拜了当地以制作嫁妆见长的洪木匠为师。洪师傅手艺高超，在木匠这一行的威望极高，身后常不离五六个年纪相仿的年轻小徒弟，颇有些众星拱月的架势。这些小徒弟彼此间以"师兄弟"相称,都很活泼、爱玩,对扎堆凑热闹的事情怀着莫大的热情。乡村里哪里放电影,哪里唱大戏,什么时间开场,他们门儿清,场场不落。若是得知了县城正组织"摸奖"活动,那就更令他们心花怒放,二话不说,推上自行车,"斤共斤共"地上路了。来去几十公里的路算什么,反正他们一身的蛮力无处使。

"摸奖"兴起之初,老百姓的积极性空前绝后,现场人山人海,百货大楼前面一条宽阔的主干道都被堵得水泄不通,即便交警鼓起腮帮子把哨子吹得震山响也无济于事,所有的眼睛、所有的注意力全系在粉红色的奖票上。奖票的面额才两元,在老百姓消费得起的范围内,买它十张、二十张的也不觉肉疼。谁的心窝里没点以小博大的贪念呢?希望总要有的,万一中了呢?在获得实打实的奖品同时,主办单位还披红挂绿、敲锣打鼓地护送中奖人回家,那是多大的荣光!

摸奖现场有好几个头戴大盖帽的公证员坐镇,摸奖规则很简单:整场活动合计多少张奖票,设定了几个一等奖、几个二等奖、几个三等奖。这三者算重头大奖,数量有限,中奖率也不高,奖品依次是名牌大彩电、冰箱、洗衣机。再后面的四等奖、五等奖就没什么"花头经"[1]了,奖品无非是些哄人高兴的

---

1 方言,"没什么花头经"意为"没什么意思"。——编者注

洗衣粉、毛巾之类的小玩意儿。最叫人扫兴的是"谢谢参与"，这等于白白浪费了两元钱。

奖票箱子是木头钉制的，大小和苹果包装箱相差无几，箱子正面的中心部位开了个拳头大的小圆洞，仅供一只手伸缩。摸奖的群众和奖票箱之间隔着一道齐胸高的铁护栏，每只奖票箱前配备两个西装革履的工作人员，一个收钱，一个监督摸奖人，防止有人多取。折成小方块的奖票一到手，马上拆开，只要不是"谢谢参与"，大小都有一个奖，可即刻上台兑现。

以荣恩舅舅为首的那帮小伙子到县城摸奖不是一次两次了，钞票花去上百，一点实惠未曾撞着，哪怕是洗衣粉也没能带走一包。某一回，不知道谁灵光一闪，指着趴在自行车龙头上打瞌睡的荣恩说："来，咱们也试试荣恩的手气吧！"

睡眼惺忪的小荣恩稀里糊涂地一伸手——哈！居然是三等奖。

百货公司的蓝色大解放卡车连人带洗衣机全装上了，敲锣打鼓、热热闹闹地把荣恩他们送回村。沿途的人个个仰着脖子，啧啧感叹。

开年的春天，县农机公司又举办了摸奖活动。这次更不可思议，荣恩代舅舅摸中了个一等奖：一辆红色的铃木125摩托车。七八岁的孩子中大奖，这可是轰动整个县城的大热门呀！主办方为了打广告，请来了电视台采访造势，出了镜的荣恩一时间成了家喻户晓的"福星"。只有荣恩的外婆不高兴，抡起扫帚夹头夹脑地追打了儿子一顿，坚决不允许他再把荣恩带出去摸奖了。

荣恩爹再婚，第二任妻子是别村的一个小寡妇。小寡妇家养了一群鸡、一棚鸭，荣恩爹上门收了几趟蛋，两个人说说笑笑，眉眼间慢慢有了那层意思。于是托了个中间人说和，挑了个吉日，把荣恩的外公外婆请来吃了一顿饭，事情就算成了。

女婿毕竟年轻力壮，往后的路长着呢，没有任何理由不让新人进门。荣恩的外婆点了三炷香，凝望着女儿的遗像，眼睛红红的，半天没动。

继母十月怀胎，荣恩多了个小弟弟。

初中升高中，荣恩过了普高分数线却没有接茬儿往上读。荣恩的外婆很生气，去找女婿理论。女婿夹着一支烟，坐在堂屋的角落里，勾着脑袋，一声不吭。继母倚在门框上嗑瓜子，嗑得瓜子皮散落了一地。她不疾不徐地开了口："外婆，不是我们不让荣恩上学，荣恩娘从前生病、办丧事，积蓄全用光了不说，还借了亲戚不少的钱。我们家底子薄，收蛋的生意如今不景气，荣恩爹拢共就这么点收入，两个儿子只能顾一头。依我看，荣恩也算大人了，还是趁早学个手艺，好帮衬他爹一把，尽快还掉债务。"

外婆料想不到荣恩的继母如此直截了当，还没来得及接上荏儿，荣恩竟爽爽快快地表了态：妈妈说得对，我听你们的。

荣恩轻轻地拉住外婆的手，送她回家。

祖孙俩一路无话。

荣恩通过舅舅的一位师兄牵线搭桥，去县城赫赫有名的刘记包子铺做了学徒。别人家的包子铺卖好几个品种——肉包、花卷、烧卖、豆沙包、菜包（菜包里还分青菜包、咸菜包、萝卜丝包、荠菜包），刘记包子铺独售一种包子——汤包。

好的汤包有两个要诀，一个是雪白松软、筋道十足的包子皮，另一个在于鲜香滑嫩、肥而不腻的"汤"。头一次吃汤包的人多多少少都出过洋相：包子托在掌中，一口咬下去，热乎乎的馅汤就突然地沿着缺口欢快地淌了出来，哩哩啦啦糊了一手——咦，这汤汁是怎么弄进包子皮里的呢？

馅中有汤，汤中有馅，这才是汤包的绝妙境界。刘记包子铺的汤包馅独树一帜，是用鸡肉、筒骨、猪皮及数种秘制香料小火煨出富含胶原蛋白的浓汤，待其冷却，再与肥瘦参半的猪肉丁调配而成的。裹进包子皮前，包子馅还是凝固的一坨。出笼后，浓汤冻已然化开，颤颤巍巍，与肉丁完美相融。

煨汤是个磨炼心性的活儿，一步不到位，汤包就空有虚名。两年的学徒期，荣恩不知道煨了多少锅恰到火候的浓汤。他听话，肯吃苦，师傅吩咐下来的活计绝不偷工减料，处处做得让师傅放心满意。为了保证包子的最佳口感，刘记包子铺的汤包现蒸现卖。凌晨一两点，荣恩就起床了，揉面、做包子、洗洗涮涮，一直要忙到午饭前才能休息。

一年三百六十五天，也就正月初一到正月初七不开工。那一星期，荣恩在外婆家总是一觉睡到自然醒，舒坦极了。

满了师，荣恩在镇上开了自己的包子铺。店面是舅舅出面租下的，两间小平房，一间供荣恩住，一间是干活的作坊。荣恩爹本来承诺了会出一笔钱帮荣恩付第一年的房租，可他也就说了一次而已，钱始终没有到位。

包子铺需要的一应物件全是外婆出面置办的。荣恩小时候摸奖得到的铃木125摩托车她当时没让荣恩的舅舅要，直接让农机公司折合成现金存了起来，荣恩这会儿正好用上了。舅舅赠送了荣恩一张"开业大吉"的长方形贺匾，匾面罩着玻璃，内嵌一棵摇钱树和一只准点会报时的钟表。

包子铺没有招牌。蒸包子的大炉子和卖包子的小方桌摆在屋外，鼓风机嗡嗡响起，橘黄色的火苗蹿出炉火外好远，叠得高高的蒸笼浓浓蒸气缭绕。马路上的行人老远就明白了，这是个包子铺。

荣恩系着洁白的围裙，袖子挽得老高，揉面团、做包子、看火势、上蒸笼、卸蒸笼、收钱、装包子。他手脚不停，忙得像只铆足了劲儿转动的风车。他做的包子馅料足，口味顶呱呱，价格公道，没多久就在镇上出了名，每天蒸出的包子供不应求。

包子铺最大的顾客群是附近两所学校（镇小学和镇初中）的孩子，他们正处于胃口旺盛的时期，活动量大，包子好吃又扛饿。下课的间隙，有不少孩子会一溜烟儿地跑出校门来买包子解馋。

荣恩个子不高，但很壮实，红扑扑的四方圆脸，笑起来眉眼弯弯，嘴角自然而然地上扬。外婆心疼荣恩不停歇地忙碌，只要挤得出一点时间，就跑来包子铺给荣恩打打下手。

每天早市结束前，外婆发现荣恩总要留一坨面团另外加工两只汤包。那两只汤包无论是皮还是馅，都大大地加了量，几乎是正常售出的包子的两倍。而那两只憨态可掬的大包子一蒸熟，荣恩立刻藏进最下层的蒸笼，任谁来了也不卖。外婆以为那是荣恩留给自个儿的犒劳品，也没往心里去。

有好多次，外婆来包子铺催荣恩去家里吃午饭。包子铺的门虚掩着，里面静悄悄的，蒸笼、案板收拾得整整齐齐，人却不在，包子铺隔壁的杂货店店主也不晓得荣恩的去向。外婆等了好一会儿，才望见荣恩的身影由远及近而来。

外婆问荣恩去了哪里。荣恩搓搓手，很腼腆地笑了笑，没说什么。外婆识趣地住了嘴，有点伤感，又有点欣慰：荣恩十九岁了，再不是那个芝麻大点的小事都愿意叽叽喳喳说给她听的小屁孩了。

一天午饭前，外婆来叫荣恩前先走进杂货店里去灌散装酱油。酱油瓶子还没灌满，她就看见荣恩拎着一只小口袋出了门。

他要去哪里?

荣恩脚步匆忙,只顾着一个劲儿地向前走,完全没有注意到外婆正远远地尾随着他。他穿过菜市场的两道门,拐了两个弯儿,继续笔直前行了两三百米,停在了镇初中外的一棵冬青树边,像是在等什么人。这时候,清脆的铃声恰好响起了——下课了。校园里迅速地沸腾了起来,学生们三五一群地出现在操场上,追逐打闹,抓住这课间的十五分钟尽情放松。一个身材单薄的男孩子啪嗒啪嗒地跑出了传达室的小门,伸手接过了荣恩递给他的东西。两个人面对面说了几句话,荣恩拍拍他的肩膀,静静地目送着他返回校园。

外婆看清楚了,那个瘦瘦的男孩是荣恩的弟弟——继母生的儿子。

近两年,那孩子的处境也很将就。荣恩爹生了严重的肝炎病,长期在家喝药、休养,少有进账。继母没办法,不得不跟着乡里几个相熟的女人去了外地打工,在服装厂做流水线,苦、累,还轻易请不了假,一年到头难得回来一趟。

第二天上午,荣恩特制的两只大包子刚刚蒸熟,外婆就抢在荣恩之前卸了蒸笼。荣恩下意识地伸出了手,外婆不悦地拧起眉毛,拿起包子转身进了屋。

挂钟滴滴答答——九点多了。要是往常,外婆早解下围裙回去了。可今天,她还守在包子铺里,没有半点要走的迹象。

荣恩偷偷瞄一眼外婆,又偷偷地扫一眼墙上挂钟。

滴、滴、滴……

外婆在挂钟整点的报时声中走了出来,左手一只口袋,口袋里盛着之前她拿走的那两只大包子,右手握着两枚鸡蛋。她把包子口袋套到荣恩手腕上,把滚烫的鸡蛋放到荣恩的衣兜里。

荣恩愣住了。

外婆小声地说了一句:去吧,快下课了。

荣恩哽咽着喊了一声"外婆",扭过头,擦了擦泪水,跑得飞快。

戆头

前几年,庚宝还在放羊,每次见到我,都会赔着笑脸讲几句好话。

庚宝五十多岁了,瘦,但精神十足。长方脸,皱巴巴的脸颊如同用旧了的抹桌布,白多黑少的眼睛很容易就让我联想到两只一百瓦的白炽灯泡。他笑起来喜感十足:嘴角和太阳穴紧急"会师",满口异军突起的大黄牙噌一下龇出唇外。其实,他临场发挥的所谓"好话"压根儿就是一通词不达意的废话,但他自我感觉良好,仿佛如此这般地表达过后,我就没办法看见他的羊群一边拖拖拉拉地从我家门前经过,一边哩哩啦啦拉屎的场景。

羊群里一只通体黑色的小山羊仗着有庚宝保驾护航,自然不会为自己的随地大小便而愧疚,另外还要从队伍里开小差,跳到我家的屋檐下啃几口我种在泡沫箱里的小白菜。我见状赶紧拎起笤帚,作势去拂它的嘴巴,不料它立马来劲了,晃动小脑袋，四只小蹄子像安了弹簧似的，在我面前蹦跶着花步，左一下，右一下，没完没了。

庚宝停下脚步，扭过头爱怜地望着走位得意的黑山羊，眼神像个慈父："你个小东西哎，这么烦人，来——快来呀！"

黑山羊听懂了主人的指令，拖着一长串娇滴滴的"咩咩"声回应主人的同时，翘起短尾巴对着我的脚尖麻溜地撒下一串黑得发亮的羊粪蛋蛋。

我拄着笤帚，无可奈何地冲着庚宝喊道："庚宝，你的羊是故意气我的吧！这么长的村路，它们早不拉晚不拉，非要把屎憋到我家门口来拉！"

庚宝的大黄牙瞬间团结起来："三三，羊喜欢在老地方拉屎嘛。"

这是什么破理由？我家门前啥时候成了蠢羊们惦记的老地方！我恼火极了，尖酸地回他："庚宝，赶紧去给你的羊洗洗澡，都脏得看不出颜色了，怕是连皮毛下面的肉都被污染了！"

"洗什么洗，过不了多久就要开始卖了。"庚宝的语气里有掩不住的得意，"我的这些羊从来不吃饲料，只吃野草和糠皮，多脏都不碍事。肉煮熟了，保证香得要命！"

这的确是实情。每天中饭过后，手持赶羊鞭的庚宝就赶着一群邋里邋遢的羊从我家门前经过，去山脚下野草丰茂的地方待上半天；傍晚时分，再带着吃得肚大腰圆的羊群返回家中。一群羊十多只，头羊高大健壮、神态凛然，率先一步走在领头位置，几只鼓着肚子的母羊井然有序地尾随着自己的羊郎君，不争不吵。被阉过的公羊失去了应有的雄风，垂着脑袋浑浑噩噩地穿插在羊群里，时不时被精力充沛的小羊拱得不知所措。它们性情温顺，短暂的羊生中除了一心一意长肉，再无别事。阉羊的肉细腻、滑嫩、无膻气，清炖、红烧两相宜，行情很俏，但比阉羊更受欢迎的是胎里羊和双满月小羊。入秋后，热衷养生的人讲究进补，花大价钱买只即将临盆的母羊剖开肚子，那成了形但还未足月的小羊即"胎里羊"，连头夹尾地炖了，据说有保健作用。至于双满月小羊，吃肉喝汤的滋补效果，坊间传言，比人参的营养价值还要高。

这两种奇货听起来有些残忍，却是庚宝一年之中最轻松稳妥的一笔进账来源，大门不出二门不迈，就能把金主递进来的钱揣到腰包里；反倒是养足冬膘的一批阉羊，想要在年前变成钞票，还须费些手续。

过了腊月二十五以后，山上山下的人着手置办年货了，庚宝开始忙碌起来，天还没怎么亮就拉着宰杀好的阉羊去镇上菜市场兜售。庚宝的羊肉多半摆在我的小摊旁边，地上垫一只厚实的蛇皮袋，一只褪得白白净净的大阉羊以脊椎骨为界劈成对称的两片，羊头、羊心、羊肝、羊肺之类的零部件血淋淋地扔在一旁。

同一条通道上，卖现杀羊肉的摊子除了庚宝，至少还有十来个。尽管有几户人家的羊并不像庚宝这样全程放养，而是吃配制饲料圈养着长大的，但为了招揽顾客，所有摊贩一律打的是"生态养殖"的招牌。在这种形势下，庚宝的羊肉根本没有优势可言，如果要顺利地销售掉自己的羊肉，拼的就是服务态度了。

年底的菜市场气氛热烈，人们花钱比平时大方多了。在外工作的子女们像鸟儿一样归了巢，做父母的争着要买些好东西给孩子们尝尝鲜。纯正的山羊肉是好东西，贵是贵，但怎么着也得买。春节里家家户户要请客吃饭，羊肉算一盘有分量的大菜，要么白切，要么做羊肉冻，不能少。有这两个刚需，羊肉摊的生意指定是好的，销量大的摊户，从早到晚卖出五六只羊绝对不在话下。

一只羊出三四十斤肉，每斤四十元。西北风在露天的摊子前呼呼地打着旋儿，卖肉的人手指冻得僵僵的，但晚上收摊前数数一天的进账，心里倍儿美。可惜这业绩是属于人家的，庚宝只有眼红的份儿。他巴巴地守着自己的摊子十来个小时，能卖掉一只羊就要谢天谢地了。

看庚宝卖羊肉，真心为他的情商着急。他喉咙响，讲话又急咋咋的，一开口就是吵架的架势。这可是做生意的大忌，十个人能惊跑六七个。还有,他太呆板了,不懂得变通。比如人家想要买羊后腿,正犹豫着,一条羊腿值三百块钱左右呢,买还是不买?买主暗暗地在肚皮里做着选择题,踮着脚东张西望,不远处的羊肉摊子在起劲儿地喊:"好羊肉——便宜喽!快来呀!"这要紧当口,倘是庚宝会察言观色,在顾客犹豫不决之际适时地做出点零头上的让步,让买主觉得自己好歹占了些便宜,何愁眼前的生意做不圆满?

可庚宝就是庚宝,从来都不知道"变通"二字怎么写,秤花比镇上打金店的师傅称金子还要精确呢,毫厘不让。买主想要多出一星子羊肉,那简直比割了庚宝自个儿的肉还让他窝火。一窝火,讲出的话越发火药味十足。

眼下这世道,什么物资都不紧俏,羊肉而已,哪儿买不到?顾客是上帝,高高在上,谁还愿意花钱买气受呀!屁股一扭,把庚宝甩在原地,直接走人。

庚宝后知后觉,兀自对着人家的背影念叨:"走走走,我这么好的羊肉,百年不遇,不买是你的损失。"过了好一会儿,余气还未平复,又巴巴地来向我求证:"三三,我放的羊你晓得哦,真的是一顶一的好哦。"

我嫌他马后炮,扔一个雪亮的白眼给他:"我晓得有个什么用?既当不得咸盐,又当不得香油。总得你自个儿的榆木脑袋开窍,羊肉才卖得掉啊!"

他的心思全散在摊了一地的羊肉上，没觉察出我的话难听，犹在自言自语："唉！要是我老婆还在就好了，两个人做生意总比一个人强。"

郁闷的时候念起老婆来了，早干吗去了呢？

庚宝的老婆跑掉了——被庚宝打跑了，村里人都知道。庚宝有个广为人知的绰号，叫"宝戆头"。"戆头"是本镇方言，释义微妙。年轻的姑娘和心爱的男子打情骂俏，可以俏眼微瞪，嗔怪一句："你个戆头哎！"母亲怪自家的孩子办事不力，留有纰漏，懊恼之下难免抱怨一声："你个戆头呀！"这两处的"戆头"因对象不同，语气里自然而然地流露出不同的感情，但都大可当好话入耳。但当村人们在茶余饭后的闲谈中不小心扯到庚宝，定会有人鼻孔里出气，毫不避讳地说一句："庚宝哦——他不就是戆头吗！"

显而易见，庚宝的"戆"不同于前两种。庚宝排行老二，哥哥庚富比他长了几岁，相貌周正，勤勉老实，四平八稳地娶了邻村的女子，成了家，另起炉灶。都是一对爹妈生养的孩子，月老的红绳子绕到了庚宝这儿，却缠得疙疙瘩瘩了。

庚宝这辈子有过三个老婆。第一任老婆是山里人家的女儿，在娘家时就病恹恹的，好像是肺里的毛病。她和庚宝成亲后，身体愈发不好了，勉勉强强过了两年，撒手西去。第二任老婆是庚宝娘费尽周折托中间人领来的外地女人。庚宝的条件和

"名气"捂不住，本地女人哪能看得上他？"领"是掩人耳目的说法，其实就是变相的"买妻"，庚宝娘大大地花费了一笔。庚宝娘也是个劳碌命，庚宝的爹活脱脱是个落魄地主家的公子哥，一辈子非但没有养家糊口的担当，还懒得连一根灯芯的家务都不肯做，一个家的门面全靠瘦弱的庚宝娘做些小生意撑着。她舍不得吃舍不得穿，把辛辛苦苦攒下的钱捧出去，满以为能给庚宝换来一桩稳妥的婚姻，没想到，煮熟的鸭子还是飞了。又或者，那个外地女人本身就没打算好好过日子，你买任你买，我跑归我跑。这厢，新房窗户上贴的"囍"字还红彤彤呢；那厢，新娘卷着进门时置办的一套金银首饰不见了踪影。和她一道消失的，还有庚宝娘藏在褥子下的一卷钞票。

两段姻缘，前一段阴阳两隔，伤心伤人；后一段昙花一现，伤钱伤人。不提这茬儿倒还好，一说庚宝娘就忍不住地流眼泪。

好在，世人脚下并没有永远走不通的路。庚宝四十多岁时，迎来了他的第三春。那女人眼角的鱼尾纹深深的，估计比庚宝小不了几岁，肉乎乎的圆盘脸，一开口，叽里呱啦的方言云山雾罩，绕得人一头雾水。虽是个外乡人，但这个进了庚宝家门的外乡女人很快亮出了安心居家的架势。

先是庚宝家门前的一块不大不小的荒地，长了好多年的杂草，在她过门没多久就变成了韭菜地。她松土、浇水、施肥，侍弄得几垄韭菜碧绿肥嫩。任谁见到，都要忍不住啧啧几声。

这个女人比庚宝勤恳，有决心。她和庚宝一起下地，庚宝刨坑，她点豆子。梅雨季节，一会儿晴，一会儿雨，庚宝怕被淋湿，瞧着天溜到山脚下的草棚里避雨，她却连个遮头的斗笠也没戴，弓着腰，在雨中干完了庚宝丢下的活儿。她有力气，也愿意把力气用在地里，经她的手打理出的各色蔬菜瞧着都比人家的要大，要好，要鲜美。

除去地里起早贪黑干的活计，她还要去抓山里的收入。村里的人常常看到她背着鼓鼓囊囊的蛇皮袋，头发上粘着枯树叶子，一身泥一身汗地从山路上下来，袋子里净是些集市上抢手的野货：山笋、蕨菜、黄花艾、马兰头、小蒜、荠菜……庚宝岂是娶到了一个老婆这么简单，根本就是得到了一头勤勤恳恳的老黄牛嘛！

庚宝的小日子越过越像那么回事了。他母亲分到他名下的三间旧房子上换了新的瓦片，地里的瓜果蔬菜一片欣欣向荣，家里买了两只母羊（这也是他妻子的主意），其中一只母羊已经怀了崽儿。当然，所有这些新气象，都不能和妻子鼓起的肚皮相提并论。

哎，庚宝的老婆有了！孩子落地前的一个月，庚宝带着大肚子的老婆东躲西藏。这节骨眼上，庚宝不得不道出隐情：这个老婆在千里之外还有个没离婚的家，如今她的前夫得了风声，正想办法找上门来呢。他的长脸拧成了丝瓜络，盼着别人给他出个主意：到底该怎么办呢？

原来是这么一回事呀！众人恍然大悟。

庚宝担心害怕了一场，明显瘦了一圈。好在最后虚惊一场——传言中的情敌没有现身。老婆顺利地给他生了个虎头虎脑的胖儿子。孩子都是见风长，庚宝的儿子一天一个模样，长得随娘，大大的双眼皮，圆圆的小脸盘红彤彤的。庚宝夫妻来街上卖菜，小孩子的摇摇车就放在三轮车的车斗里。大人忙自己的生计，小孩子自顾自乖乖地看世景，小嘴里咿咿呀呀。

这整整齐齐的一家子是庚宝娘多年的心愿，也是庚宝时来运转。庚宝该知足，该感恩吧！可街边上的一批生意人还是看得出，庚宝对老婆不好。有多不好呢？局外人难以定论，反正有一点明摆着：庚宝不让老婆和钱挨边儿。忙了一上午，眼瞅着一地的菜卖得差不多了，庚宝的老婆想要去买个充饥的烧饼还得向庚宝伸手，就那区区一两块钱，庚宝掏起来都不那么利索。每次去市场里买些荤菜，也是庚宝亲力亲为。他嘴上说是怕老婆买东西不内行，实际上还是不愿给老婆放权。他的记性好，忘不了第二任老婆卷走的那笔钱，那是前车之鉴，时时提醒着他现任妻子"外地人"的身份。钱不过她的手，不归她管，他也就不用时刻分心去防范她。再则，庚宝和老婆说话的口气很冲，而且他的那种冲是没来由的、高高在上的。芝麻大点的事情，他也嚷得哇啦哇啦的，活像舌头底下套着个音质上佳的洋喇叭。

他老婆通常是不回嘴的，要么一脸木然地坐在小板凳上，要么扭过身去，把三轮车上的孩子抱下来放在膝盖上。

卖水果的菊凤大妈在这条街上年龄最大、资历最老，以前和庚宝娘合伙做过生意。她看不惯庚宝耀武扬威的做派，赶紧走出来打圆场："庚宝，你这是作甚？对老婆的态度就不能缓和些吗？"

庚宝单手叉腰，灯泡眼瞪得贼大，利索地回了菊凤大妈一句："我屋里的事，要你来管！"

菊凤大妈悔得直摇头。自己的好心换来了庚宝的驴肝肺，真是划不来。菊凤大妈不知道，被庚宝尥蹶子的又何止她一个。有一回，庚宝夫妻在自家的院子里起了争执，争执的结果是庚宝直接开启了暴力镇压模式。虽说庚宝的老婆粗胳膊粗腿，但真要和一个暴怒的男人对峙，被扁得嗷嗷叫也不过是分分钟的事情。

青天白日的，庚宝吼得那么凶，她叫得那么凄惨，一墙之隔的庚富夫妻听不下去了。他俩急急忙忙地跑过来，一左一右拖住庚宝说道了他几句。大致和菊凤大妈的意思差不多，无非是女人勤劳温顺，千里迢迢地奔着和你过日子来的，不嫌你穷，还给你生孩子，人家也不容易，你打人实在不对之类的。

换成谁来评理，都是这么一个理儿。可庚宝非但不理解哥哥嫂嫂的良苦用心，反而和哥哥嫂子"戆"上了："你们的胳膊肘尽往外拐呀，怎么向着外人？"

"外人"的梗就这么流传开来了。后来，村里的人隔三岔五便能看到庚宝老婆蓬着头、有气无力地坐在村子东首山脚下的田坎边，眼睛红红的。她在这里举目无亲，被庚宝揎痛了连个诉苦的地儿都没有。她就那样默默地、默默地坐着，直坐到天黑透了，才耷拉着脑袋慢慢地往家里挪。村路两旁的路灯幽幽的，把她的影子拉成长长窄窄的一条。

庚宝的儿子进了镇小读书后，庚宝的老婆离家了。确切地讲，她起初还不算出逃，只是托人在邻镇寻得一份保姆的工作，照顾一位高龄的老太太。她做事本分，话又不多，雇主一家颇为器重她。她长期待在雇主家中，但还是记挂着儿子，偶尔带点牛奶、饼干之类的零食匆匆忙忙地回一趟家，凳子都没坐热，就走了。

离开了庚宝的她与先前判若两人。之前，她浑圆油腻，体形类似一只水桶；如今，她苗条清爽，而且因为不再风吹日晒地下地劳作，她的皮肤明显白了、细腻了，头发在脑后梳成一束马尾，衣着大方得体。她斜挎着一只黑包来菜市场转悠了一圈，客客气气地和早前一起摆过摊的人打招呼。几乎每一个人在见到她的瞬间都会眼前一亮，情不自禁地夸她漂亮。

老婆不在家，庚宝的日子就不那么像日子了。首先卖菜的收入大打折扣。他虽说是个地道的农民，偏偏打理不出好品相的蔬菜。哪怕是最不讲究的韭菜，也给他弄得蔫头蔫脑的，摊在地上半天，乏人问津。再一个是儿子的问题：小男孩贪玩、淘气、不爱上学。庚宝的儿子个子不高，自上而下浑圆一体，像个打足了气的轮胎内带，紧绷绷的。与同龄的孩子相比，他至少胖了两个号，身上脏兮兮的，校服的袖口、领口黑得发亮。星期天，儿子不上课，一大早就跟着庚宝来街上卖菜，爷儿俩并排坐在马路牙子上，一人一套烧饼油条当早饭。

庚宝说儿子是吃胖的——偷吃。他两只手虚空比画了一个圆给我看，说："喏！这么大的高压锅，我煮了小半锅红烧肉，藏在碗橱最上层，他半天就给我偷吃光了，连肉汤都没剩一口。"

他的喉咙声响响的，完全不考虑大庭广众之下一个"偷"字会不会令自己的孩子难堪。而那个一直把手揣在兜里的小男孩似乎并不在意父亲的抱怨，嘴角泛着一丝怪笑，若无其事地晃着架在马路牙子上的右腿。

我问庚宝："你怎么不去把老婆找回来？"

"去过了，她不理我。"

"你是怎么跟她讲的？"

"怎么讲？有什么好讲的？"庚宝振振有词，"我就问她，孩子生在这里她还管不管了？要是不想管，得按月给我出一笔抚养费，我一个人养不起这么一个会吃的孩子！"

我一时语塞，竟然没办法接上他的话。看来他被众口一词地定性为"戆头"，绝对是有道理的。

抚养费事件直接断掉了庚宝的后路，老婆横下心来和他断了联系。手机打不通，人找不到，也不再回家看儿子了。那一阵子，庚宝过得惶惶不安。

比被降格为老光棍更叫他焦心的是，在"五水共治"净化环境的一纸红头文件前，他的羊群保不住了！

庚宝没有傍身的手艺，他娘做小生意时，他闷着脑袋打打下手，没学到实质性的本事。第三任老婆一进他家的门马上做了他的军师，他似乎也不曾费什么心，只管一天到晚太太平平地挥着赶羊鞭。后来老婆跑了，羊群仍在，好歹是个正经行当，保证了他最基本的生活需要。村里按照市价等价交换，庚宝包不吃亏，可这是最后一次买卖，钞票一拿到手，就代表着他失业了。

失了业的庚宝碰到我依旧会端着笑脸讲好话。原先，他的好话是为在我家门口乱拉屎的羊群打掩护；眼下，他的好话是指望我帮他拉拢顾客。他家的一个亲戚怕他坐吃山空，想办法给他拉来一大车库存的鞋子，不用本钱，卖了再结账，卖不完的，人家照单全收。

这是无本起利的美事，庚宝干得很积极，早上五点多就拉着满三轮车的鞋子来菜市场抢地方，他有时摆在我的旁边，有时摆在我的斜对面。他卖鞋子和卖羊肉没什么两样，只差在额头上挂出"唯我独尊"的条幅了。一上午，他的口水、唾沫把衣襟都打湿了，也无济于事，开张与否，全凭运气。我不喜欢他的做派，又忍不住出手帮他。我在菜市场混了十多年，大部分人和我比较熟，只要我有心推介，庚宝的生意基本就成了。在我帮他卖掉了几双鞋子后，庚宝对我的态度明显谦恭了许多。

暑假里，他的儿子跟着来菜市场，又胖了。下巴上的肉厚嘟嘟地堆成两层。他的屁股坐不住，一会儿跑到东，一会儿跑到西，蚂蚱一样地蹦跶着。庚宝对儿子那是风一阵雨一阵的。鞋子卖掉几双了，心情大好，就慈眉善目；坐半天，鞋子无人问津，儿子刚好闹腾了几下，那他一准儿雷霆突变。

我好心地劝他："庚宝，孩子大了，有什么事你回家了可以说道他，尽量别在公共场合打击他的自尊心。"

我的话庚宝听不进去，他翻脸比翻书还要快："我就这样，怎么啦？要你来多事！"

他的儿子坐在水泥地上，小拳头捏得紧紧的，眼睛里似乎有东西一闪而过。私下里，我和庚宝的儿子聊过天。这个十二岁的孩子非常纠结，既想谅解爸爸的暴躁，又不甘于被爸爸暴躁地对待。孩子说，爸爸把妈妈打走了，妈妈不会回家了。爸爸骂他是家常便饭，打他，也好多次了。孩子还说，他希望自己快快长大，长大了就能为妈妈报仇。

虽说童言无忌，可"报仇"这两个字，不免叫人心里一惊。

过了几天，庚宝来菜市场了，走路的姿势别别扭扭。他托着自己的后腰，眉头皱得像只沙皮狗，说："三三，我的腰动不了啦。"

我面无表情："干活闪了腰？"

"是我儿子打的。"

"孩子为什么要打你呢？"

"我先打他的，我也没怎么用力呀，就是掴了他两巴掌。没想到，他捡起一根粗柴棒绕到我背后，趁我不注意，狠狠地敲在了我腰上。我都疼了一天一夜了，还不能转身。啊哟——你说，我怎么养了这么一个烂坏子！"

我说："你别忙着骂孩子了，赶紧去医院检查一下，看有没有内伤吧！"

快中午了，他从医院返回，右手拿着装X光片的大袋子，左手拿着一包药，沿途广而告之，喉咙山响，如凯旋的将军般高调："肋骨裂开三根，我儿子打的。"

嘻！这戆头，他是不怕别人知道呢，还是怕别人不知道呢？

两家之主

摆烧饼摊子的老秦背后笑话奎叔,说奎叔老不正经、笨蛋。

老秦不笨。清晨做烧饼、炸油条,晚市单做烧饼,早早晚晚地忙一个行当,丁点进步都没有。油条炸得阴阳怪气,油温、火候老掌握不好。出锅的油条要么干巴巴地勾着,宛如晾在西北风里多日的芥菜叶子;要么走了形,像得了小儿麻痹症似的,两边一长一短,完全不对称。

有油条的对比,烧饼的外形基本过关,至少是圆的。除了这一点,别的一律不如人意。不要说卖不掉的隔夜烧饼了,即使是刚出炉的热乎烧饼也很费牙,死硬死硬。用力咬着,脑袋至少要用力甩动好几下才能咬下来,一个不留神,脖子就得扯得麻酥酥的。烧饼外皮已然如此了,馅更是一言难尽。不是太淡,就是太咸,要想撞到咸淡适度的烧饼,简直比中福利彩票三等奖的概率还要低。别家烧饼摊的葱油烧饼闻起来香喷喷,嚼起来油润润,猪油香葱相辅相成,你中有我,我中有你。老秦出品的烧饼明明也是包了葱，包了猪油，吃起来就是云里雾里、稀里糊涂。

老秦从还是青春勃发的小秦开始，天天和烧饼炉子打交道，两鬓都花白了，手艺还是原地踏步。一个人把终身的手艺精进得出类拔萃，肯定不容易。反过来，老秦经年累月重复着一件事，却永远不进步，也很令人"敬佩"。菜市场卖蔬菜的刘胜利爱搞笑，时常给人表演老秦的招牌动作：揉两下面，鼻子痒痒了，腾出右手揿住一侧鼻孔，"噗"的一声响；换个方向，又是"噗"的一声响；两声过后，双手对搓，顺势在身上那块灰不灰白不白的围裙上擦一擦——继续揉面！

老秦的这般"极具特色"的烧饼摊子，居然也能屹立在马路牙子上三四十年不倒闭，不得不说是奇迹。而支撑着"奇迹"发生的首要功臣，当属奎叔。

奎叔会起早，天还蒙蒙亮时，他已蹬着二十寸的折叠式自行车赶来街上了。自行车是他孙女读初中时上学放学骑的，等她高中考进市区寄宿学校后，自然用不上了，一直扔在墙根儿下，把车龙头都闲出了锈斑。奎叔废物利用，给了自行车返岗的机会。幸好他短胳膊短腿的，骑着并不算太拧巴。

可自行车的颜色太少女了，粉白相间，无比招摇。而且奎叔走的是亮瞎眼的"贵妇风"：脖子上挂着一条奶白色的珍珠项链，手腕上套着一只玛瑙珠子和金貔貅二合一的手串，左手无名指戴一只银色的方戒，右手无名指又戴一只金色的韭菜边戒指。当一位七十岁左右、皮肤黝黑、顶着一颗寸草不生的大光头的老先生，珠光宝气地骑着"卡哇伊"的粉白自行车出现在车来人往的马路上的那一瞬间，无论是谁，都忍不住看上几眼。尽管有不少人暗自观察一番，发现老先生的珍珠项链掉了皮，貔貅手串褪了色，银戒指变了形，金戒指发了黑……

奎叔赶早市的第一站是老秦的烧饼摊，几只烧饼几根油条配成对，分装成两袋。接下来是逛菜市场买菜。这两件事办好了，他便到我的小摊上来买点零碎的小百货。他买得最多的是打火机。我说："奎叔，打火机的火头有大有小，你自己挑吧。"他客气地谦让道："你挑，你挑，我信得过你！"

两块钱的生意，买方卖方对接得一片祥和。只不过他把两只钢镚儿递过来时，我纠结万分。不接的话，代表着我的三只打火机送给他了——我可没那么大方。接吧，他递钱过来的那只手让人实在不敢恭维。手指一律黄黄的，尤其食指和中指，瞅着就知道是长年抽烟积累起来的"丰功伟绩"。那种黄，不是单纯的浅黄，而是介于土黄和褐色之间，有一种无法形容的黏稠感。我相信，要是用一把锋利的小刀割开他手指的表皮，皮下的部分也百分百泛着黄。他的手背倒不黄，是黑色的。十只指甲盖儿里头，啧，满满的可疑填充物。排除掉人工局部增色的可能，剩下的结论只有一个：卫生状况堪忧。

可奎叔后知后觉，兀自热情地打着招呼。这老先生每一次来我的小摊子上买打火机都会讲两句话。第一句：我要么不来街上，来了一定要买你的打火机（两块钱的生意还搞得像两个亿）。第二句：在这块地盘上，要是有谁敢欺负你，马上告诉我，我绝不会和他甘休！

实事求是地说，奎叔讲"义气"，镇上卖打火机的小店那么多，他偏偏爱把两元钱用到我的小摊子上。至于第二句话，我虚虚地打个哈哈，低下头，一边佯装理货，一边腹诽：一把老骨头了，还这么狂，年轻那会儿怕不是个横行乡里的莽汉吧。

有很多次，奎叔都在老秦的烧饼摊子前摆了好几道龙门阵了，我才推着百货摊子赶到菜市场。他嫌我去菜市场晚，给我上课，说做生意的时机很重要，哪怕是来街上捡钱，也得比别人早半步嘛。

秋冬两季，我出摊多半不会晚过清晨六点。奎叔不管时间，反正他抵达菜市场时若没如愿地买上打火机，我就是晚了。晚了，他就要给予一丝不苟的指正。指正结束，他意犹未尽地向我回忆他年轻时期的创业史。

他进山卖过猪崽儿。一根扁担、两只竹子箩筐，一次挑了四只。他那会儿很穷，贩卖猪崽儿的本钱还是找亲戚借来的。猪崽儿二十来斤一只，白白胖胖，哼唧了一路。上春的天儿，太阳晒得人暖洋洋的。他走得热了，就停在一块菜地边上歇脚。

猪崽儿在箩筐里站着，仰起脖子傻里傻气地看着他，就像不谙世事的孩子在仰望着自己的亲娘。天很蓝，四下里一个人影也没有。他的心头忽然热乎乎的，伸手在菜地里拽了两大捧青菜，一只箩筐里扔了一大捧。四只小猪吃得吧唧吧唧的，可把它们美坏了。

因为是第一次贩猪崽儿，奎叔没经验，不懂猪崽儿不能随便喂鲜菜，容易拉肚子。猪崽儿一拉肚子，十有八九凶多吉少。

我问奎叔，那四只猪崽儿最后死翘翘啦？

他叼着烟，得意地说，我这样聪明的人，怎么可能让猪崽儿砸在自个儿的手里。

奎叔的聪明是耍滑头，他给不停蹿稀的猪崽儿吃了木炭止泻（因为没钱买药）。猪崽儿掉了膘，双目黯淡无神，甩一甩小耳朵都像要闪了腰。第二次进山，他选在天黑之前。山村没通电灯，暗蒙蒙的油灯下瞧不出个所以然来，他顺利地卖掉了四只病恹恹的猪崽儿，连人家的凳子都没敢挨，找了个借口趁黑溜之大吉。

山民的日子过得苦哈哈的，一只猪崽儿是一家人整年的希望。奎叔料到他卖出去的猪崽儿活不了，人家花的钱打了水漂，他去了，一准儿脱不开身。在那之后，他不管做什么小生意都没往那个村子去过。

奎叔叙述这件陈年旧事时，眯缝着小眼儿，稀稀疏疏的两道眉毛忽而拧成"川"字，忽而拉成"一"字，两颗黄澄澄的大板牙勇敢地龇出三厘米，口水大珠小珠般地四溅开来。我没好意思戳穿奎叔津津乐道的"传奇"故事，他当时要是真找到了发家致富的门路，赚到了大钱，临到老了也不会跟在包工头后面做小工了。

酷热难耐的农历六七月，气温持续恒定在三十八摄氏度以上，柏油马路上的实际温度应该还要高一些。奎叔早早地坐在马路牙子上等包工头的农用车来接人。和他一起的也是六七十岁的老头儿，高矮胖瘦不一，长相都比奎叔齐整。不热的天，七八个；高温天，剩了两三个。奎叔背着一只比热水瓶小一号的塑料杯子，杯底厚厚的一层茶叶。我劝他，上了年纪，最好悠着点，人比钱要紧。万一中了暑，赚到的钱恐怕都不够进一趟医院。

奎叔不以为然，说人家也在干，他没理由缺席。本来一天的工钱只有一百一，高温天气包工头给一百三。一天多二十块，一个月合计六百，不赚白不赚嘛。

这老头儿会算账，按理说也会过日子。这么辛苦赚的钱，怎么着都得省着点花吧。他不！他买起菜来像白拿似的，粉红小自行车的车龙头上挂着大大小小的方便袋，里面装着青菜、萝卜、冬瓜、茄子、酱油、猪肉、小黄鱼和粉丝之类，至少十来样。

龙头超了重，奎叔没法子骑车了，只能推着走。他一边推着车，一边热情地和迎面碰上的各色人等打招呼，停下脚给别人分烟。信马由缰，迤逦行至我面前，他大概还没从其乐融融的激动中抽身出来，左右开弓夹着几支香烟向我显摆：你看看，他们对我多客气，不收我发的烟，非要发烟给我。

我连连点头，没揭穿他的虚假繁荣。他分的客烟是顶便宜的雄狮牌，长期抽几元一支香烟的人怎么肯降低档次，接受两毛五一支的差香烟呢。

有天早晨，我随口问了一句："奎叔，你怎么总买这么许多菜，吃得完吗？"

他咧嘴一笑，说："我得把两户人家都照管好了。"

他的话在不知情的人听来，有些莫名其妙。什么两户人家？他和他老伴一户？儿子一家也算一户？儿子不养老子就罢了，难不成反过来要老子养？

他有时也不骑那辆粉色自行车来街上，那就不是一个人了，身旁还伴着一位胖乎乎的妇人，五十多岁的样子，短头发，眼睛定定的，脸上几乎没什么表情。

奎叔对胖妇人很有耐心，轻言细语，还把她带进路边的药店里，咨询药店的员工，说胖妇人夜里睡觉脚抽筋，总喊疼，要给她弄点营养品补补。店员拿着两种牌子的钙片给他选，问他买便宜的杂牌，还是贵的品牌货？奎叔想也不想，直接喊：

"大牌子的，最贵的。"

奎叔付好钱，领着那个胖妇人往外走。胖妇人比奎叔年轻，动作却不如奎叔利索。我亲眼见过她把拎在手中的一袋生鸡蛋溜在了路面上，顷刻间摔得稀巴烂。我在菜市场摆摊多年，见过不少夫妻为了一点小纰漏，当街互相抢白。奎叔没这毛病，他一句重话都没往妇人身上招呼，又掏出几张票子给她，说，坏掉了拉倒，再去买几斤来就行了。

胖妇人慢吞吞地往菜市场里头去了，奎叔目送着她的背影，绵绵的关切几乎要溢出窄小的眼眶。我惋惜地指指地上的一摊蛋液，说鸡蛋五块多一斤，一袋鸡蛋二十来块钱总有的。奎叔恋恋不舍地拉回自己的视线，回了我一句："她是好人，老老好！"

我可惜的是碎了一地的鸡蛋，他诚意赞美的是一个木讷的妇人——看不出这其貌不扬的老先生还是个情种呢。

他手上大袋小袋地和那胖妇人肩并肩走了。药店里的一位大姐对着他们俩的背影努努嘴，说："阿珍老来走运，碰到个真心待她的男人。"

阿珍就是那胖妇人的名字。奎叔和她同进同出了好几年，她并不是他的妻子。怎样定义他们的关系呢？情人？好像不能这样肉麻地定性，毕竟阿珍的实际情况在那儿。

阿珍娘家与药店大姐的家相距不远，阿珍自幼智力有缺陷，

113

反应迟钝。二十出头时,在哥嫂的安排下仓促地嫁了个男人。结婚几年,阿珍的肚子都不鼓。婆家穷,丈夫脾气又不好,爱喝酒,一天到晚怨阿珍脑子笨,嫌弃阿珍是不下蛋的母鸡,随心所欲地责骂阿珍,动不动一顿老拳落到老婆身上。

换个正常的女人,这样憋屈的日子根本熬不下去,早跑得没影儿了。阿珍心眼儿实,不会逃,不晓得反抗,挨了打,只会嘤嘤呜呜地哭。左邻右舍也很同情她的遭遇,可终归帮不了实质性的忙。天可怜见,阿珍的老公醉酒后突然跌倒在地,血管破裂,撒手西去了。酒鬼利利索索地走了,把一个颤颤巍巍的老娘丢给了没有谋生能力的阿珍。两个女人,一个痴,一个老,用脚趾头都能想得出她们的日子过得有多糟糕。

在旁观者的眼里,奎叔和一个小他十多岁的女人做情人,有点老牛吃嫩草。可真要说奎叔捡了大便宜,那也狗屁不通。奎叔注视着阿珍的水一样温柔的眼神绝不掺假,为阿珍花钱的慷慨也是装不出来的。他对她有情,他俩是"搭伙的"。

奎叔的妻子另有其人,中风了好几年,口齿不清,半身不遂,白天黑夜地躺在床上,吃喝拉撒全得指望别人侍候。奎叔在外打短工赚钱,养着阿珍,还代替阿珍的死鬼老公养着阿珍的婆婆。奎叔不在家,温顺的阿珍实心实意地照料着他的妻子,做好饭、洗好衣服等着奎叔归来。

所有的事情都有障眼法。一个男人,两个女人,粗粗一听,貌似荒唐；细细品味，却也是善良人别样的山高水长。在这个并不温柔的世界上，不管一段关系如何尴尬，它不会妨碍另一种情意的简单纯粹。

命运把这三个人聚拢在一起，让他们抱团取暖，总归有其道理。阿珍从此有了个尽力呵护她的好男人；卧床的奎叔妻子不必再死气沉沉地艰难度日；而连接着两个女人的那个老先生，也是问心无愧的，他是名副其实的两家之主。

得胜

从得胜二十三岁起,他妈就开始四处托人,张罗着给得胜说亲。

不是得胜妈心急,而是她精明,有着不同于一般乡下妇女的前瞻性。搁在她年轻那会儿,跳出"农门"的年轻人数量有限,男女比例相当,大家的文化程度不高,心气儿也不高,男人只要不瘸不癞不傻,头顶三片瓦,好好歹歹都能成个家。以她自己为例,高小毕业后,烧饭洗衣打猪草,上山砍柴,下地务农,热得头晕眼花的大六月,还要跟在父亲的平板大车后面走家串户卖西瓜。她算账快,从不出错。二十岁,村西头人家的小儿子爱慕她,请了大队书记上门来提亲。对方家境一般,往上扒三代都是货真价实的泥腿子。家里兄弟俩,只有三间老瓦房,几块薄地。那男孩清瘦单薄,个子也只比她高了半头。她心里是嫌弃的,奈何父母亲准了口。

老话讲:会拣,拣儿郎;不会拣,拣房档。意思是,找对象，别看重身外之物，最主要的是人品。

父母审人的眼光确实准。她的对象小巧归小巧，可忠厚勤劳，什么农活都上得了手。对象家发了八十元的彩礼，剪了一块的确良，一块蓝哔叽，称了四斤腈纶毛线。新房是一间养过猪的柴房，对象把漏雨的屋顶掀去，四面的墙壁翻翻高，重新做了上盖。吃的水要清早从山脚下的泉眼挑回来，囤在大缸里。没拉电线前，每晚点油灯。窗户蒙着破塑料纸，豆大的灯芯被夜风吹得前仰后合。那么紧紧巴巴的日子，夫妻俩过得有滋有味。

现而今的农村条件好了，不遭罪了，年轻人反而留不住，鱼儿一样，成群向外游。别说一板一眼地抡起锄头面朝黄土背朝天，就是原先庄稼人一心想学的木匠、瓦匠、篾匠、雕花匠、漆匠之类的手艺，老师傅也根本招不到徒弟。谁愿意学这些个呢？倒贴都不干！老百姓希望自家的娃能出人头地，孩子们也决计看不上此类等同于"农民工"的身份。

这地方有个词叫"出山"。什么是出山？在城市里扎下了根，有光鲜体面的工作，房车齐全的，就算出山。农家娃要出山，唯读书一条路。成绩拔尖的，铆足了劲儿往上读，读得出神入化，离出山便个远了。成绩不行的，爹妈勒紧裤腰带，也得将孩子送出去读书，上职高，或者花点钱，进"3+2"的中专院校。反正，无论天赋异禀的还是天资一般的，都先通过上学这个途径走出了生他养他的农村。毕业了，凭本事走向社会岗位,在慢慢地领略了城市的五彩霓虹后,很少有青年人会重返农村。尤其女孩子,在哪里工作,就在哪里扎根。跨县,跨省,乃至跨国,屡见不鲜。

少了年轻人的活力加持,乡村变得黯淡、疲软。平日路上走的,多是些中老年人。只有过年过节,集市上才会呼啦啦地冒出一批朝气蓬勃的面孔,那是飞在外面的孩子借着假期探亲解闷儿来了。

青壮年外流,一方面加速了乡村的空心化,另一方面,部分因为特殊原因留守农村的男青年的终身大事,成了难题。就说得胜吧,市区三年职高,学的是电气焊,本想就地谋一份工作,可他妈突然查出来乳腺肿瘤,做了切除手术、化疗、放疗、喝中药,苦累不起了。他爸承包了近十亩的山林,栽果树,养蛋鸡,一天到晚有干不完的活儿。得胜权衡了一番:留在外面,担子全压在他爸肩上(得胜爸血糖也高,靠吃药压着);返村,他爸有了帮手,他妈可以安心休养。

貌似可以选,其实没得选。

得胜的长相和秉性随他爸,站在人堆里虽不显眼,但为人踏实。他在镇上租了间门面,开了电气焊的铺子。生意忙,起早贪黑地做生意;生意闲,不必他妈点拨,主动上自家的承包山干活。

果树的收益在秋季,鸡群侍弄得好,常年有进账。眼瞅着光景一天天地好了起来，得胜妈数数积蓄，又催促得胜爸到信用社贷了一笔款盖二层小楼。

得胜大了，该准备准备了。鸟儿求偶还要垒个窝呢，没有像样的房子，怎么体现出娶媳妇的诚意？

得胜爸怪妻子劳心，说："得胜刚跨出校园两三年呢，急个啥！"

得胜妈翻了翻白眼："你懂个屁！"

她想得周全，家道要门当户对，人要半斤八两。学历高的姑娘肯定不考虑得胜；在外工作的，轮不上得胜。这两种之外，还讲究人挑我和我挑人，乡村可供得胜选择的女孩少之又少。况且得胜内向，肚子里没花花肠子，只顾埋头挣钱，鲜有时间闲逛，长期接触的不是中年人，就是中老年人，压根儿碰不上适龄女孩。要是她这个当妈的再不广撒网，多敛鱼，谁家的大姑娘会自个儿送上门来？

也许月下老人被得胜妈的诚心感动。得胜二十六岁那年，有个远房姨妈终于为得胜牵来了姻缘的红线。对方家在十几公里外的村庄，父母种地打工兼顾，有两个女儿，相差四岁。因为没有儿子的缘故，父母生怕养老无望，一心把俩姑娘拴在身边。大的叫桂桂，职高毕业后在镇上的家家福超市当收银员；小的叫珍珍，读完两年制大专，去了镇工业园区一家电子厂做月薪三千的文员。

远房姨妈原本给得胜介绍的是珍珍，珍珍长得秀气，长发齐腰，身姿婀娜，小得胜三岁。然而见面后，得胜偏偏相中了陪妹妹同来的桂桂。

得胜妈纳闷儿得很，儿子怎么中意一个比自己大一岁的姑娘？她听介绍人提过，桂桂的左手大拇指边上还长了一根短短的畸形手指，是个"六指"。

得胜说："我瞧见她的六指了，又不影响过日子。桂桂稳重，不像她妹妹，走路蹦蹦跳跳，一张嘴叽叽喳喳的。"

既然得胜喜欢，他妈也不好说什么。介绍人传了话，双方通过气，桂桂父母自是求之不得。两个年轻人处了几个月，一切顺风顺水。当年的十月订婚，次年二月办的婚事。尽管花费不菲，累得人仰马翻，但把桂桂迎进家门的那一天，一向重度失眠的得胜妈破天荒地一觉睡到大天亮。

进了婆家的门，桂桂辞了超市的工作。一家四口人，三个不得闲。得胜的忙碌不细讲了；得胜爸要么上山劳作，要么在菜市场上卖活鸡；得胜妈专管一样：卖鸡蛋。她家的鸡不喂饲料，满山撒欢，啄虫子，吃野草，下的蛋又大又好。得胜妈卖了好些年的鸡蛋，攒下一批老客户。有几回，她去医院检查身体，换桂桂上阵，却卖不动。世风日下，假货盛行，老顾客不认新面孔，任凭桂桂怎么解释，都满脸狐疑。桂桂碰了几鼻子灰，索性安心在家。得胜每个月给她拨一千元的零花钱，她管一日三餐、洗洗涮涮、打扫庭院。她在娘家做熟了，到夫家，就是换了个地点干家务，并不觉得委屈。一家人相处得还算和气。美中不足的是，得胜妈嘴碎，管闲账。桂桂买点消闲的零食，多置办几件衣服，她瞧在眼里了，少不得絮絮叨叨。她是困难日子里拱出来的人，把钱看得重。

婆婆多管，桂桂感到郁闷，她当面不顶撞，转头把仇记在得胜头上。晚上睡觉，背对着得胜，被子裹得紧紧的。吃饭桌上，桂桂眼见公公的酒喝得差不多了，马上起身去给公公盛饭。得胜的饭碗见底了，她晓得他饭量大，餐餐要吃第二碗，却也决不帮他添饭。

女儿呱呱落地后，婆婆公公疼爱孙女是不假，苦于生计，抱的次数屈指可数。桂桂忙了家务忙孩子，难得轻松片刻。想想自己年纪轻轻，整日被琐事缠得迈不开步子，她不禁萌生了外出找工作的念头。

得胜爸暗觉不妙，他借着政策的东风扩张了几亩山林，又加养了几百只鸡。工作量增加了，人手不够，隔三岔五得请小工。请小工要管中午、晚上两顿饭，菜是菜，汤是汤，怠慢不得。这拉拉杂杂一摊子的事，要是桂桂执意去早出晚归地上班，不光孩子没人带，家里几个人也都吃不上现成的热饭热菜了。

为了稳住桂桂，得胜爸想了个折中的办法。四个人面对面说开了，得胜爸一年到头卖水果和活鸡，现钱归他拿，微信和

121

支付宝的收款归得胜。得胜妈长期卖鸡蛋，现钱归她收，微信和支付宝的收款码吊牌是桂桂的。眼下用微信、支付宝付钱的人越来越多，得胜妈又会做生意，现金之外，每天至少有百十来块钱打到了桂桂手机上。这样一来，等于是公公婆婆给儿子媳妇发工资，桂桂也就不提出去上班的事了。

儿子媳妇的收款码正式启用，得胜爸和得胜妈的态度还是不同的。得胜爸那边，多少钱进了得胜的银行卡，他都无所谓。反正就这么一个儿子，肥水不流外人田。得胜妈究竟是个女人，想法多多，怕桂桂大手大脚，更怕桂桂拿钱去贴娘家。

桂桂娘家近两年不大太平，桂桂爸得了肺癌，勉强靠靶向药控制住，桂桂妈的腿又意外骨折了。珍珍夫妻方方面面一般，发挥不了多大作用。娘家的处境如此，身为大女儿，桂桂难道忍心坐视不管？

收款码收的钱给了桂桂，不方便再过问，得胜妈表面若无其事，私下里还是准备了一本小册子，每笔收款都清清楚楚在录。有买主称好了鸡蛋，她竭力要求现款，人家实在拿不出现钱，她才从钱包里取出桂桂的收款码。

有顾客不解其意，说："现钱和二维码不都一样吗？"

她打着哈哈："现钱嘛，是我的；二维码嘛，钱到我媳妇那儿去了。给了媳妇，我又不好去讨。"

这话被得胜妈扭扭捏捏地重复了多遍，不出意外地传到桂桂耳朵里。桂桂很生气："哼，说把我当自己的女儿看待，还不是嘴上功夫。"

一天早上，桂桂去菜市场买菜，路过婆婆的摊子。当时婆婆正帮别人称鸡蛋，没注意到她走近了。买主掏出手机打算扫码，得胜妈照例要求人家给现金，强调二维码收进的钱是媳妇的，自己拿不到。

要是桂桂不在场，未必有多戳心，但亲耳听到婆婆的小九九，她恼得菜也不买了，甩打着胳膊，扭头就走。

中午，得胜妈先回家了，厨房里锅不动、瓢不响，桂桂坐在堂屋的椅子上，脸拉得长长的。得胜妈还不晓得自己已经伤了媳妇的心，兀自问："桂桂，怎么没烧饭呀？"

桂桂直截了当地说："妈，你今天在街上和人家说的话我都听到了。既然你这么遭罪，以后把钱通通打到你儿子那里去吧！"

得胜妈脸上挂不住了，支支吾吾："我……我又没说什么。"

"是，你没说什么，是我不好，不该听见。"桂桂积郁已久的委屈一股脑地涌上喉头，她哽咽着说，"我天天忙里忙外，你却当我外人，处处防我，你以为我傻子吗？"

"谁把你当傻子了，我还不是为了这个家好。"

"这个家是你们的，不是我的。"

"什么是我们的，不是你的。谁分的？"得胜妈眼圈红红

123

的,"我都癌症了,还在死做活做,我图什么呀!"

……

两个女人你一言我一语,越掰扯越激动,越一步不让。

得胜爸推开大门,婆媳俩正在气头上,理也不理他。"伪军"和"鬼子",老头儿一个不敢得罪。他蹑手蹑脚地卸下三轮车上的竹筐鸡笼,脚底抹油,逃了。

得胜最后一个到家,他爸蹲在围墙根儿下抽烟,老远望见他的摩托车,一个劲儿地冲他招手。

得胜不解地问:"爸,啥事?"

"啥事?你妈和你媳妇儿闹僵啦……"

"那你还躲着,不去劝劝。"

"劝,我咋劝!你妈那黏糊糊的脾气,我怎么劝?你媳妇儿轮不上我说道呀!"

"嗐!"得胜一跺脚,跨进堂屋。

桂桂一手叉腰,频频擦泪。得胜妈靠在沙发边,哭肿的眼睛像烂桃子。得胜黑着脸,一不做,二不休,拎起桌上的热水瓶哐当一声掼到地上,趁他妈和桂桂愣神的瞬间,大喝一声:"有完没完啊!就不怕左右邻居看笑话!争什么争?这个家要不是我跟我爸撑着,你们两个木头喝西北风去!"

得胜快三十岁了,得胜妈第一次看到儿子光火。

桂桂也发了怵,嫁给得胜这几年,她竟没料到得胜还有脾气。

吵架草草收场。

得胜妈顺势托住脑壳子，连说头晕，躲进自己房里。

女儿刚睡醒，在楼上哇哇地哭。桂桂噘着嘴，一言不发地推起车走了。

得胜没拦她。妻子一样东西没拿，跑不远，准是回娘家。

得胜爷儿仨，就着一碟榨菜丝，人手一碗白开水泡冷饭。

第二天，得胜妈没法去街上卖鸡蛋了。桂桂不在，孙女撒不了手。小孩子淘气，跑东颠西，一刻不停，她被闹腾得一个头两个大，孙女还奶声奶气地催她讲小兔子乖乖，讲小猪佩奇。她会讲个甚？绞尽脑汁地鬼扯。十点多，得胜爸的电话来了，说有客户定了一百只鸡，要装箱，他一个人来不及，请了小工，让得胜妈赶紧煮中饭。

得胜妈没好气地喊回去："我只有两只手，抱着孩子呢，你们去买快餐吧！"

孙女生下来后，几乎都挂在桂桂身上，她想不到小东西这么磨人，咬着后槽牙挨到天快黑，孩子哼哼唧唧向她讨要妈妈。她骗孩子，月亮快出来了，路上有大灰狼大老虎，到哪里去找妈妈？明天妈妈就回来了。

得胜爸把哭哭啼啼的孩子领到超市里去坐摇摇车，家里就剩下得胜娘儿俩。

得胜倒了杯水递到他妈手上,真心诚意地说:"妈,你身体不好,还总为这个家操心,这是儿子的福气。桂桂性子急,可能一时明白不了你的心意,往后一定会懂的。不过,你今天感觉到了,桂桂在,一切井井有条,少了桂桂,饭没人做,孩子没人带,家里没人收拾。别人家的媳妇很少愿意围着灶台打转,桂桂这方面算是体贴的了。反过来讲,桂桂真的不做事,我们也拿她没办法。"

话说到这里,得胜偷瞟了一眼他妈。好!没生气,他继续说:"妈,你娶媳妇进门,是奔着多个亲人,不是为了做仇人。外公在世时,一再把家和万事兴的古训挂嘴边。婆媳不和,咱家能和吗?只有你们俩处好了,儿子夹在中间才不为难,是吧?"

得胜妈抿了一口茶水:"我还不是怕她把钱挪到娘家去。"

"妈,你放一百个心。"得胜拍着胸脯说,"二维码的钱桂桂攒着,我们俩早商量着去城里买房呢。"

得胜妈笑了:"真要买房,我再增援你们一笔。"

妈妈的警报解除了,接下来轮到桂桂了。隔日,得胜买了几样水果、一只大甲鱼,直奔丈母娘家。桂桂不在,丈母娘说她在地里拔菜。得胜和丈母娘拉了一会儿家常,从口袋里掏出一只牛皮纸信封放到丈母娘手上,信封里包着一万块钱。得胜说:"妈,这段时间你和爸身体不好,尽量安心休养,桂桂早该来陪陪你们了。这钱是我和桂桂的心意，你们好加加营养。我虽然没啥大本事，但有我和桂桂一口吃的，绝不会饿到你们。"

得胜的话，有情有理。这世上哪有不巴望着女儿女婿恩爱的丈母娘呢？桂桂妈连忙去屋里找手机，要打电话知会桂桂。得胜拦下了她，推说要回去赶工。临走前，他不经意地告诉了丈母娘，女儿昨晚像是受了风寒，有点感冒了。

前脚，得胜刚到铺子里；后脚，桂桂就慌里慌张追来了。女儿是桂桂的命根子，听说她感冒了，哪里还顾得上赌气。与得胜碰了面，见他似笑非笑，她顿时意识到上了当。

得胜半掩了铺子门，低声说："桂桂，你别怪我昨天扔热水瓶。你和我妈吵得那么厉害，我谁也不能帮。帮了我妈，你日后难立足；帮了你，寒了我爸妈的心。但凡我站了你们其中一方的队，我们这一家子就裂成两块了。有了裂缝儿，纵然补了，也有一道疤，在一个屋檐下过日子还能舒坦吗？我妈本质不坏，上了年纪，唠叨，你尽管把她的话当耳旁风，我理解你。"

桂桂勾着脑袋，一言不发。得胜又一本正经地给她画重点："你和我妈是利益共同体，只要我妈卖鸡蛋，你在家里就有进账。你撂了挑子，我妈没法儿出摊，钱不进她的口袋，你也没了收入，是不是？"

哼！桂桂鼻孔向天："你最聪明！"

桂桂绕到集市去买了菜回家。一进门，女儿欢天喜地地扑上来，一把抱住她的腿。在卫生间洗衣服的得胜妈不时探出半个身子，乐呵呵地看着媳妇和孙女亲热。

婆婆择洗好菜，午饭依旧是桂桂烧的，四菜一汤。因为有一大盘香喷喷的葱油花蛤，得胜破天荒地陪他爸喝了一盅二锅头。酒杯离了手，他瞄了一眼电饭锅，还未起身呢，桂桂已盛来一碗冒尖的饭，轻轻递到了他的手上。

馄饨

赵晓静是家中的老小,她前面有四个哥哥。在农村,有一帮子哥哥的姑娘总不大会吃亏受累,不光家里的哥哥们自觉让着她,家外的捣蛋鬼们也不敢轻易来招惹她。赵晓静初中毕业后去五金厂学车工,三天还没学满,下颏就被铁末子爆出了血,吓得她再不敢上车床了。赵晓静的娘托邻居做中间人,把女儿送到镇上有名的汪裁缝铺子里当学徒。汪裁缝以严厉出名,徒弟的活计做得不细致,轻则呵斥,重则竹尺敲手指。

赵晓静踩了一星期缝纫机,回家只喊脖子酸眼睛胀,又不愿去了。

做裁缝得有定性、坐得住。赵晓静是个尖屁股。你让她出去跑一天,她不嫌费脚劲儿;你要她成天坐着不挪窝,简直是要了亲命。

十七八岁的大姑娘,这也干不成,那也不想干,老待在家里不算事哪!正好大嫂子的外甥女在上海某高校教授家做小保姆，教授的同事急需一个照顾老人的帮工，不但包吃包住，工资还比厂里的打工妹高出三百块。

大城市的繁华热闹，赵晓静早想去见识见识了。她在雇主家待了三年，攒下了厚墩墩一笔私房钱，衣锦还乡。村里人问她："阿静，上海比乡下好，你怎么不在那儿找个对象？"

赵晓静不屑地说："东家给我介绍过对象了，长得太难看，条件再好，我都不稀罕！"

赵晓静的丈夫钟伟明是她自己相中的。钟伟明中等身材，浓眉大眼，一表人才。美中不足的是家境不好，家里三间低矮的老房子，父亲早逝，母亲身子骨又弱。在同龄人还有福气赖床的时候，钟伟明早就扛着锄头下地了。

婚后第二年，赵晓静生了个白白胖胖的儿子，眉眼神似钟伟明。钟伟明很高兴，夫妻俩琴瑟和鸣，小日子过得有滋有味。钟伟明勤劳肯吃苦，脑子转得快。他会做饭，烧菜的手艺不输饭店厨师，村里人家有红白喜事都要请他去掌勺。于是他趁势置办了一系列的桌椅餐具，让赵晓静打下手，做起了厨师一条龙服务。那会儿家里的经济大权还掌握在赵晓静手里，忙碌归忙碌，但只要有钞票进口袋，赵晓静就感到快乐无比。

钟伟明的第二个行业是开砖瓦厂。说是砖瓦厂，老板和员工无非还是自家两口子。实在忙不过来了，等着出货，就再请个会脱土坯的师傅突击几天。乡下的规矩：师傅上门要管中午晚上两餐，好酒好菜，另外每天还得额外发一包马马虎虎的香烟。钟伟明一向不抽烟，赵晓静也顺势装糊涂，从来不给师傅准备香烟。饭菜方面，她精打细算，荤腥少，蔬菜多。看着桌上的菜盘子摊得一大圈，吃来吃去不过是些青菜、萝卜、洋芋艿、咸笋。在她家帮过工的几个师傅，给赵晓静的评语一致是：手太紧。

砖瓦厂生意下滑后，钟伟明转行做花木生意，进货出货归他一手操作，赵晓静自然失去了钱款的管控权。起初，钟伟明一心一意钻研生意经，早早晚晚扑在承包的花木地里，尚且太太平平。到了第三年，生意慢慢有了起色，赵晓静却发现了不好的苗头——钟伟明有了情人。这一发现，犹如晴天霹雳。当初钟伟明一穷二白，她心甘情愿和他一起白粥淡饭。如今可倒好，穷人乍富，狗穿皮裤，居然在外面找野女人了！

夫妻俩，一个不依不饶地追问"良心"，一个执迷不悟地追求"爱情"，前前后后闹腾了两年。赵晓静几近崩溃，大把大把掉头发，要靠安定片才能维持浅表睡眠。

为了妹妹的家庭完整，赵晓静的四个哥哥集体出面，和钟伟明交涉多次，红脸白脸齐登场也无济于事。钟伟明铁了心地投奔小他十岁的情妹妹去了。

婚外情这玩意儿就像喝醉酒，飘飘欲仙的劲儿一过，发疯、呕吐、头疼、胃疼的后遗症就浮出水面了。不到两年，钟伟明的钱包被情妹妹掏得一干二净。男人没有钱，还能做座上宾吗？坐坐冷板凳还差不多。再后来，人家连冷板凳都锯断了——情妹妹另攀高枝，伙同下家直接把钟伟明轰出了门。

钟伟明声名狼藉、居无定所，忽然间又感念起糟糠之妻的可贵了。他托人去向赵晓静求和，希望与她破镜重圆。

赵家人都劝赵晓静见好就收："浪子回头金不换！""真离婚了，影响不好，连你儿子都被打上了'单亲家庭'的烙印，将来不容易找对象。"

赵晓静咬咬牙，提出了一个要求：钟伟明可以回家，但必须当着读高中的儿子的面，跪着进来。

表面上看，破碎的家又完整了。赵晓静去逛菜市场，有小贩向她推销四明湖捕来的鱼虾，她往往摇头拒绝："我老公喜欢吃海鲜，不爱吃这些。"——她买菜，还是习惯性地考虑钟伟明的口味。而钟伟明偏偏相反，对赵晓静的态度冷漠到连旁人都要侧目的地步。

赵晓静嫌厂里上班不自由，买了部脚踏三轮车在市场上卖农副产品。她卖的东西都是自己加工的、山里找来的或自家畈里种出来的。费力气居多，成本有限。春天挖毛笋，剪一些纯天然的野菜：马兰头、胡葱、水芹菜、黄花艾。五一节前后，山脚下有一种叫"个个红"的野果子，酸甜软糯。手脚利落一点，一个早上能摘好几斤。用塑料小篮子分装好，篮口上搭一把翠绿的狼萁叶配色，五十元一篮，很受来小镇旅游的外地年轻人青睐。整个小长假，赵晓静能保证一笔稳稳的进账。夏天，她种玉米、花生、茄子、南瓜、青椒之类的家常蔬菜，也种黑皮山西瓜。山西瓜脆皮、沙瓤、鲜甜汁多，很是抢手。十月份，她捡栗子，摘野生猕猴桃。这两样好东西生长在偏僻的山坳里，想把它们搞到手，既要翻山越岭，还要提防蜇人的大马蜂和蛇。下半年，她养鸡。鸡群长期活动在屋后的竹林里，不喂饲料，只撒点玉米粒。母鸡留着生蛋，公鸡半大时就阉掉。本地人爱吃这种长着母鸡脑袋公鸡尾巴的阉鸡。一只阉鸡正常六七斤，过年那几天，一百八十元一只还供不应求。

为了省钱，赵晓静没在菜市场里租摊位，卖东西都是和管理员打游击，见缝插针地搁在马路边上。钟伟明有时到街上来，都若无其事地从赵晓静面前飘然而过。哪怕和赵晓静直线相撞了，也是昂首挺胸，眼珠子都不转动一下。有一回，赵晓静大概突然思量到什么要紧事，冲着钟伟明的背影连喊了好几声："伟明、伟明、伟明……"

至多十米的距离，钟伟明不可能听不到，但硬是没回头。他两手插在兜里，自顾自地走远了。

赵晓静的脸僵了好一会儿，碍于熟人疑惑的眼神，结结巴巴地解释道："我老公的耳朵生过中耳炎，听力不大好。"

自然没有谁当面戳穿她。背后呢，难保不闲言碎语几句，说赵晓静是牛命，一天到晚就知道埋头苦钱，不拾掇自己，穿得邋邋遢遢，和西装革履的钟伟明哪来半点夫妻相？

穿着方面，大家似乎也没冤枉赵晓静。她的衣服款式老旧，外套皱皱巴巴，领子卷得像隔夜的饺子皮。毛衣松垮变形，颜色浑浊，结满刺啦啦的小疙瘩，真不如街对面手机店老板娘垫在狗窝里的旧毛衣呢。更夸张的是她的袜子。山里田里跑得多，她的鞋子容易进泥巴、小石子。生意做得差不多了，她便席地而坐，脱了鞋，用力在地上磕。她只管一下一下磕自己的鞋，丝毫不介意脚上的袜子前面露出三只脚指头，后面露出了大半个脚后跟。那样的破袜子，怕是整条街都找不出第二双，有幸见识过的人无不摇头叹息："阿静这是何苦？少吃一碗馄饨，就够买两双新袜子了！"

吃馄饨是赵晓静每天早上的头等大事。菜市场附近有一家福建人开的馄饨店，名为千里香。千里香馄饨馅多、皮薄，汤中带有一股沁人心脾的奇香。规格有三种：小碗（十只）、中碗（十二只）、大碗（十四只）。早些时候，价位分别为两元、三元、四元。近年来物价飞涨，馄饨的价格水涨船高，小碗四元、中碗五元、大碗六元。

一碗馄饨半碗汤，食量小的话能马马虎虎混一顿，胃口好的人，可只能吃个半饱。赵晓静虽然爱吃千里香馄饨，但从来不买大碗的。大碗比小碗只多四只馄饨，区别不大，反正是够头不够脚。四元的小碗，再买一块五的刀切饼。二者搭配，嘴香了，肚子也饱了，还少花五毛钱。

赵晓静吃馄饨的盘算是一回事，姿态又是另一回事。在菜市场做小生意的小贩，一年到头几乎很难像模像样地吃顿早饭。一日之计在于晨。开了摊，理货的同时，还要眼观六路耳听八方招徕顾客。来得及，烧饼油条买一套，马马虎虎点个饥；来不及，就等忙头落了——九点半左右，再祭五脏庙。

赵晓静决不在这种不吃早饭也要先赚钱的小贩里头。她来菜市场的第一件事就是吃早饭——会不会错失买主，影响了销售的进程，她并不在意，把装着东西的三轮车托人照管，说一声"帮我看一下哦"，照直朝馄饨铺子走去。

她吃馄饨概不打包，一定得正儿八经地在馄饨铺子里占个靠墙的位置，往热气腾腾的馄饨碗中倒点醋，淋几滴辣椒油，细嚼慢咽，全身心地享受着每一只馄饨的鲜美。

算上等店主煮馄饨的时间，赵晓静吃顿早饭，没有半个小时，也要二十分钟。

帮她照管三轮车的人，常常是杨美玲。

杨美玲长相一般，以修鞋为生。娘家在湖南，好像还是少数民族。她嫁到这个镇上十多年，老公不登样，婆婆又霸道。日子实在过不下去，离婚后带着读初中的女儿一起过。娘儿俩租住在菜市场斜对面的小弄堂里，两间小平房，一间住人，一

135

间堆放杂物。天一亮，杨美玲就把自己修鞋的一套工具搬出来，放在镇中路粮油店屋檐的一侧，修鞋、修包、修拉链、钉鞋掌……一直忙到女儿晚上放学归来。

修鞋要用胶水。胶水有腐蚀性，杨美玲两只手的大拇指、食指、中指都粗糙不堪，裂开的口子深深的，像翘起的小鱼嘴。

赵晓静靠着杨美玲的修鞋摊，不是没有道理。修鞋的人在等杨美玲干活时会顺便瞄一瞄赵晓静三轮车上的东西，多少买一点。赵晓静用老式手机，没有微信和支付宝。有的买主口袋里不装现钱，扫一扫杨美玲的收款二维码也行。到了账的钱，杨美玲立刻兑给赵晓静。她们也杂七杂八地闲聊：天气、物价、孩子的成绩、男女八卦……杨美玲性格大大咧咧，想到什么说什么，毫无保留，就是在前夫家过的糟心日子，她也当笑话似的讲给赵晓静听。

不知道是怕家丑外扬，还是真的豁达，赵晓静在杨美玲面前一次也没出过钟伟明的洋相。她最关心的是天气，上山、下地、摆摊，无一不与天气息息相关。她还愿意把话题扯到自己的儿子身上：儿子大学毕业了，相貌堂堂，在市区的私企做技术人员，过年发奖金，悄悄塞给了她一万块。

"一万块呢——"赵晓静一拍巴掌，笑得合不拢嘴。

杨美玲快言快语："真孝顺！那你儿子有没有也给他爸爸一万块？"

"不会的！"赵晓静斩钉截铁地回了一句，面色顿时暗了下去。她心里怪杨美玲不识趣，哪壶不开提哪壶。再想想，她认为自己犯不着和杨美玲计较，毕竟杨美玲是个离婚的外地女人，自己可比她好，有家，也有丈夫。

赵晓静吃罢千里香馄饨回转来，杨美玲有时也关心一句："你天天吃馄饨，难道不腻吗？"

赵晓静擦擦额头上的汗，说："拢共才十只馄饨，哪里会吃腻？"

杨美玲哧哧地笑："那你就多买点，吃个畅快。"

赵晓静撇撇嘴，说："钱又不是大风刮来的。"

两个年龄相差不到十岁的女人就这样不近不远地相处了七八年。去年秋天，她们翻脸了。起因是八十块钱——准确地说，是为了二十斤栗子。

事情是这样的：赵晓静从半山捡来了一大堆栗子在街上兜售，四元一斤。杨美玲要回娘家，想着买点土特产带回去送给兄弟姐妹。上午七点半，她买了二十斤，八十块。十点不到，又买了三十斤，一百二十块。三个小时还不到，赵晓静非说杨美玲第一次买栗了的八十元没给钱。双方理论了一场，各执一词，不欢而散。回到家，赵晓静翻着钱包思前想后，就是凑不齐杨美玲强调的"两张二十元，四张十元"。她郁闷得饭也吃不了，急火火地跑到杨美玲租住的地方，继续为了八十元磨牙。

杨美玲买了下午两点的车票，正在收拾行李，被她这么一搅和，兴致大败。她已经付过一次钱了，再付，就是间接承认自己昧了赵晓静的栗子。街坊邻居日后该如何看待她？不付，赵晓静又倔巴巴地堵着门，不放她动身。

喉咙声一高，半条弄堂里的住户都被惊动了。莫名其妙给赵晓静站队的老太太也好几个。杨美玲气得浑身发抖，舌头打结。关键时刻，有人提供了个重要线索：赵晓静卖栗子的十字路口有只摄像头。

有摄像头就好办！只要到派出所去查一查，马上真相大白。但去派出所之前，杨美玲和赵晓静定了条协议：如果杨美玲的确没付八十元的栗子钱，她将会双倍偿还，补给赵晓静一百六十元；反过来，如果赵晓静已经收过了八十元，那她也要为自己的胡搅蛮缠负责，赔偿杨美玲一百六十元。

赵晓静没有一点犹豫，头点得像小鸡啄米。

看热闹的都是见证人，一致认为杨美玲的做法可行。

杨美玲借了粮油店老板的电瓶车，带着赵晓静去了派出所。两个时间段的监控逐一调出来，证明杨美玲没说谎。

赵晓静盯着屏幕反复看了两遍，还不相信。派出所的工作人员摇摇头，把画面放大，给她回放了杨美玲递钱的慢动作。

出了派出所的门，杨美玲哭了："好你个赵晓静，咱们少说也认识七八年了，你就是这样门缝里瞧人的——是不是！"

赵晓静勾着脑袋,闭嘴不言。

中午的大太阳晃眼,照得人直冒大汗。杨美玲本来不愿理会赵晓静了,但想想从派出所走回菜市场还有长长的一段路,她又把赵晓静捎上了。

电瓶车的后座晃晃荡荡,赵晓静终于想起了杨美玲那八十元的去向:八点多,有个慈溪老头来菜市场叫卖大阳伞,两张二十元、四张十元,正好买了一把。

到了弄堂口,赵晓静下车,从口袋里摸出了一张一百元、一张五十元、一张十元。

杨美玲只抽了张一百元的,给赵晓静留了六十元。

打那起,两个人就没再说过话。

杨美玲总在埋头干活。

赵晓静推着三轮车走来走去,再不靠近杨美玲的修鞋摊了。

菜市场拢共才多大?低头不见抬头见,两个人怎么可能做到永远不碰头呢。赵晓静爱吃千里香馄饨,杨美玲也隔三岔五地去千里香馄饨店给女儿买早饭。

一天早上,赵晓静刚在馄饨店坐定,杨美玲拎着一只蓝色的保温桶走过来了。煮馄饨的人锅热气腾腾,咕噜咕噜地冒着泡泡,杨美玲在离大锅几步远的地方站定,吩咐馄饨店的老板娘:"给我煮个加大碗的!"

"好嘞,加大碗的八元。"

几分钟的工夫,杨美玲拎着保温桶走了。

赵晓静的心底莫名其妙地泛起一股浊气,想到被杨美玲拿走的那一百元钱:她怎么就好意思真拿呢——来年的秋天,自己得翻多高的山,走多少路,弯多少次腰,捡多少颗栗子,才能赚一百元钱呀!

赵晓静越想越气,越想越不平。她用力地撸了一下自己的脸颊,扬声喊道:"老板娘,给我来一份加大碗的馄饨!"

昌铜匠

昌铜匠已经去世好几年了，可还是不断地有人拎着旧锅、坏茶壶来我摆摊的岔路口打听他的去向："三三，原来那个换锅底的人到哪里去了？"

我努努嘴，说："他早就不在了。"

手上拎着旧锅的人含含糊糊"哦"一声，仍不死心地朝着几十米外的信用社门廊边望了又望，似乎那个在他们记忆中占了一席之地的老先生只是溜达去了别处——多等一会儿，说不定他很快就回来了。

信用社门廊右边的那一块三四平方米大的地方，曾经是昌铜匠的地盘。他放了一张长方形的木桌，桌面以及桌子四周堆满了杂七杂八的工具和零件。

我不知道这里的人为什么要叫他铜匠，事实上，我并没有看到他的摊子上有大件的铜制品，他平常干得最多的事情只有三样：修高压锅，配钥匙（有点像铜料），换铝制的锅底、茶壶底。他的生意很好，几乎没有闲着的时候，但凡我推着小摊子打他那儿经过，总看到他在埋头细作——要么是戴着一副老花眼镜在仔细地打磨钥匙，要么是举着一只小锤子叮叮当当地敲着白铁皮。

我从没有光顾过昌铜匠的生意，我对他的最初印象不算很好。生意人讲究笑脸迎人、和气生财，昌铜匠貌似并不在乎这个。他习惯性地绷着脸，说话声音又高，还不定时地轰走几个他不待见的顾客。有些顾客还了他定下的价钱，或者是否定了他引以为豪的手艺，他当场就翻脸，干干脆脆连他们的生意都不愿意接了，直接叫人家走人。他仗着手艺精湛，不怕得罪人——反正他的生意忙得很，多做几个，少做几个，无所谓。

街道两边铺里的人都说昌铜匠挣钱不少。可是即便挣钱多，我也没见他吃得多好、穿得多好。早饭，他坐在摊子后面啃两只芝麻烧饼。香气扑鼻的点心店就开在信用社隔壁，炒面、炒年糕、鲜肉馄饨，热乎乎的，样样有，可除了五毛钱一碗的豆浆，其他一律与他无关。

是不爱吃，没时间吃，还是舍不得吃？难说。

他的衣着打扮还停留在几十年前。春秋两季是深灰色的中山装，前面有四只方方正正的口袋；夏天，一件白色的圆领老头汗衫，一条黑色西装短裤；冬天，就更没什么好讲的了，从早到晚，都是一件蓝大褂子，头上戴着一顶褪了色的夹呢子鸭舌帽。

我忘记我是哪一年和昌铜匠成为朋友的——好像，也没有达到"朋友"的地步，只是每天都碰面、碰了面一定会相互招呼一下的熟人。

清晨五点多，街上的行人还是稀稀疏疏的，我站在马路边上响亮热情地喊他一声"阿伯"，就像喊这个镇上的任何一位老年人一样。起初的几次，他仅仅是抬头望望我，勉为其难地点个头。再后来，我喊他的次数多了，他那张严肃的大圆脸像水波纹一样慢慢地、慢慢地舒展开来了，常常不等我先出声，他已在几米开外扬声叫我的名字："三三，侬来得嘎早！"

昌铜匠比我出摊更早，都是天还未亮透就来街上了。七十岁左右的人了，一年到头，天天如此。我问他："阿伯，你的生意又不用急着赶市头，干吗来这么早？"

他取下唇上的香烟，掸掸烟灰："人老了，夜里睡不安稳，早早醒了。"昌铜匠抽烟的方式别具一格。别的人，多半是用食指和中指夹着烟送到嘴边抽，他无须用手，他的香烟是粘在下唇上的，随它燃着，居然也不掉。他超然地干着活，想起来就抵起双唇抽一口，从鼻孔里缓缓地放出两道烟。那架势，无端地使我这个想象力丰富的人心生怀疑，怀疑他是借着铜匠的身份隐藏在市井多年的绝世高手，指不定某一天的某一个时刻，他老人家厌恶了这喧嚣的市景，就会放下手上干了一半的活计，施展"旱地拔葱"的轻功跃上马路对面的屋脊,两三个起落,不见踪影。

昌铜匠确实有一段时间突然地消失在了众人的视线中,但并不是像武侠电影里的大侠那样云游四海去了,而是住了院。

他再次出现在菜市场里,已经是几个月之后。他坐在一张老式轮椅上,明显瘦了一圈,上眼皮子肿着,在众目睽睽之下哭得一脸口水、鼻涕,神情崩溃得像个被全世界遗弃了的孩子。他一边呜呜地哭,一边不停地念叨:"三三,我的脚没有了。三三,我以后再也不能走路了。"

我被他那悲伤无比的哭声惊到了:他原本是那样强硬的一位老人。言语强硬,说起话来,不拐弯,不迎合;干活强硬,每天起劲儿地敲打着白铁皮,精力充沛,无坚不摧。我完全有理由相信,他会一直敲打到天荒地老。可是,这些都是包裹在生活之外的表象,病灾的大手轻轻一挥,他顿时袒露出了老年人的脆弱和无助。

他哭了很久。等他情绪平复些,我劝他:"阿伯,你不要难过,尽量往好处想想。有些人住院后半身不遂,长年累月地躺在床上。你的情况还不算顶糟糕,有这张轮椅托着,你来街上转转是完全可以的。多活动,勤锻炼,一定会恢复的。"

"你说——我以后还能恢复?"他抬起头,满怀希望地看着我,被泪水冲刷、浸泡过的两颊呈现出一种异常的光亮。

我用力地点点头:"你肯定会好的!"

他坐上轮椅之前,住在马路对面的一条弄堂里,收了摊,走不了几步便能到家。行走不便之后,社区安排他搬进了敬老院。到了这份儿上,我才听到和他住在同一条弄堂里的老人们七嘴八舌地谈论他:"昌铜匠也罪过(可怜)的,单身汉一个,无儿无女。病成了这个样子,日子要咋过呢?"

咋过呢?还不是照常过。

敬老院到菜市场有很长一段路。昌铜匠摇着他的轮椅,很早就来了,只不过,他从站着干活变成了坐着干活。他在大腿上垫了一块黑色的皮围裙,锅横躺在皮围裙上,他叮当叮当地敲着。不知道是不是我太敏感,我总觉得,他敲出来的那些声音,再不如以往那样轻快动听。

他不买我的打火机了。他告诉我:"三三,医生讲过了,不能抽烟。"

我说:"老早让你不要抽烟,你听不讲。"

他以往三天两头地买我的打火机,大早上的,抽一口烟,喀喀地咳嗽几声。我劝过他好多次,叫他戒烟,他总是不以为意。病了一场,觉悟一下子提高了。

与之一同改变的,是他对顾客的态度。他的摊子上,生意还是那么源源不断。真是想不通,这个巴掌大的小镇,哪来那么多的旧锅、坏壶呢?忙归忙,他的言语软和了许多,对人开笑脸的时刻居多，动辄粗声大气的脾气也在不知不觉中收拢了。在人生的最后一段时光里，他变成了一个温和的、安静的，和既往判若两人的老头儿。

这世上的人，有多少足够幸运能逃过命运的促狭呢？昌铜匠令我敬佩的是，不管这个独身的老人是迫于无奈，还是顺应了现状，在短暂的颓废之后，他迅速地调整了情绪，回到惯常的轨道上来了。

一个初冬的中午，收完摊摇着轮椅准备向敬老院出发的他，和我在菜市场门口遇上了。我叮嘱他："阿伯，路上小心点。"他微微地点点头，答非所问："三三，好哉啦。我过一天，算一天，做人终究一笔乱账。"

我没吱声，也不晓得能和他说些什么，默默地侧过身给他让道，目送着他缓缓远去。人来车往，不大工夫，他就像落进大海里的一滴水那样，融进了熙熙攘攘的人流。

昌铜匠离世前的几个月，又重新抽起了香烟——依然那么险险地粘在下唇上，让他看起来像个酷酷的大侠。

长顺

长顺是这条街上的人看着老迈下去的。

这条街与菜市场相邻，只要沿着这条街往前直走一百米左右，就能看到菜市场的侧门。不知道从哪一年起，长顺就在街边一户人家的屋角边卖笋了。早上七八点钟，他摇摇晃晃地来了，左手一柄掏笋的尖嘴铁镐，右手一只泥迹斑斑的蛇皮袋。他放下铁镐，一手扶墙，艰难地坐在地上，慢慢地解开扎蛇皮袋口的细麻绳。

春天，蛇皮袋里是毛笋。毛笋有大有小，有黄芽白壳的上等笋，也有青头褐色、本地人嫌弃的"乌栗子"。春夏交接时，毛笋变成了花壳的芦梭笋。芦梭笋粗壮、笔直，样子很讨喜，其实并不好吃。焯过水的芦梭笋要在凉水里反复浸泡，火功也要到位，否则吃起来嘴唇麻酥酥的。夏秋两季是鞭笋旺季。鞭笋生在阴凉湿润的泥底下，竹鞭有它固定的指向，没经验、没眼力的人，在竹山埋头大干半天，可能连鞭笋的影子都找不到。

天气干燥炎热，鞭笋就少，不过长顺的蛇皮袋里总不会空着。冬天的笋，叫冬笋或团笋。冬笋身子骨重，价格贵。好的冬笋要屁股小，越小越划得来。

长顺卖笋和一般做生意的小贩不一样。

他从来不用秤，都是"毛估估"。毛笋、芦梭笋、冬笋按个头大小，分堆摆放，定好多少钱一堆。鞭笋扎成一把，干瘪的、弯曲的、破相的裹在里面，大的、卖相好的露在外围，按把算钱。

他从不招徕买主。笋摊在地上，他目光茫然，一动不动靠在墙根，宛如一尊雕塑。即使买家主动上前询问，他也左顾右盼，置若罔闻。

他从不讨价还价。他定的价就是金口玉言，买不买随你。卖方自己报价也行，他听了，眨巴眨巴眼睛，手掌向上摊开，就代表"成交了"。

有人肯定要问：菜市场卖笋的小贩排成了队，笋新鲜，态度又好。长顺这副死气沉沉的模样，能卖得掉他的笋吗？

能啊！肯定能啊！

说来奇怪，但凡长顺拿到街边来的笋，不管好差，不管多少，总有人愿意用不低于市价的钱买走。买笋的人有两类，一类是本地上了年纪的人，男女都有。你若是打听他们为什么偏要买长顺的笋，他们笑笑，说："买了长顺的笋，我们的日子就能顺顺当当了呀。"听起来像是一句调侃，细细品味讲话人的语气，又丝毫察觉不出有开玩笑的成分。

另一类买主是来镇上旅游观光的陌生人。他们年轻善良、热情洋溢，看见长顺皱纹满面、衣衫褴褛，忍不住动了恻隐之心，想伸出援手。尤其是寒风呼呼的大冷天，长顺赤着脚，趿拉着一双没有后跟的解放鞋，袜子都没有。他们意不在买笋，是送钱。五十、一百，小心翼翼地递到长顺手中。长顺指指地上的笋，示意陌生人取走。假如陌生人不取走他的笋，长顺也决不接受陌生人的钞票。假如陌生人拿起地上的笋，长顺便对比手上的钞票掏外衣口袋，给陌生人找零。倘是陌生人不要找零，长顺就会突然沉下脸，提高音量嚷嚷。

他嚷嚷什么呢？不清楚。听那硬邦邦的腔调，应该不是什么好话。

菜市场周围的人都知道长顺不缺钱。长顺的外衣上有两只方方正正的大口袋，大口袋里塞满了钱，鼓鼓囊囊，凸出去好一块。袋口也缝得严严实实。他的钱远不止这些。前几年，他的邻居们联名向村里抗议，说长顺家脏、乱、臭，老鼠成群乱窜，都大摇大摆地跑到邻居们家里安营扎寨了。村里派了几个工作人员去长顺家实地考察了一番后，决定来个彻头彻尾的大扫除。从人开始，他们抓住长顺，为他理发、剃掉胡须、洗澡，里里外外的衣服全部换掉。

人搞定了，家里的柜子、抽屉、箱子、口袋、床上床下，一一整理，这么一整理，现场的工作人员都吓了一跳：长顺的家里有着天女散花般的钞票。五角一块的钢镚自不必说，五元、十元、二十元、五十元乃至于百元大钞弯个腰都能捡到好几张。有的钱扔在潮湿的角落太久，生出了霉斑，轻轻一用力，顿时就破裂了。工作人员把情况上报给了村主任，村主任当着大家伙的面核实好从长顺家里找出来的钱的数目，让会计给长顺在合作社里开了个账户存进去，存折由集体保管、监督。

那些钱全是长顺在街上卖笋得来的。他晓得挣钱，却不懂得花钱。缝着口袋的外套穿得破破烂烂，依旧不肯脱下。裤子、鞋子倒是几个月换一次，全是从垃圾桶里捡的。有时候，左右脚的鞋子颜色、款式还不相同。吃的方面，更是节俭得匪夷所思，不是去菜市场里捡拾屠夫们随手丢弃的肥腻腻的猪油、红兮兮的烂肉，就是去烤鸭摊强讨人家刚割下来的鸭屁股。鸭屁股臊气十足，考究一点的宠物狗都不碰。烤鸭店的老板生怕背上缺德的骂名，不肯给他。他可不领人家这份情，骂骂咧咧地靠近斩烤鸭的砧板，一把抓过油汪汪的鸭屁股塞进嘴里，一边走，一边嚼。

他难得花一次钱，独独中意八宝饭。八宝饭是这地方的传统甜点，原材料有好几种，主体是蒸熟了的糯米饭，加上少许栗子、红枣、去了苦芯的莲子、葡萄干、红绿什锦丝。想饭变得油润些，饭上面还铺着几块切得薄薄的肥肉片。吃之前上锅蒸一刻钟，舀两勺白糖拌一拌，鲜甜爽口。

一碗八宝饭定价十元。长顺可不管什么定价不定价，抖抖索索地扔下五元钱，拿起一包八宝饭，直接开吃。点心铺子的老板娘不敢说，不敢拦，心惊胆寒地由着他扬长而去，待他走远了，哭笑不得地念叨一句："罪过煞嘞……"

旁观者接口道："就当做好事吧！你去招惹他，说不定还要遭他一扁担。"

"一扁担"是这个镇上绝大部分居民都知道的梗。今时今日，长顺恐怕很难举起扁担了。

多年前，菜市场门口有两个年轻人正在聊天，长顺挑着两捆柴路过。没有任何征兆，他在离两个年轻人几步远的地方停下脚，忽然抽出扁担，用力地敲向其中一人的肩膀。莫名其妙挨了打的年轻人顿时火冒三丈，捏紧拳头准备还击。一位老者及时拉住了他，好言相劝："长顺的脑子不清楚。他打了你，不用负法律责任。你把他打伤了，恐怕就不能脱身了。"

年轻人非常不甘心，但只能悻悻拂袖而去。长顺和他的扁担就这样扬了名。不管是谁，远远地望见他走来了，都自觉闪得远远的。就是菜市场的管理员也不敢和他计较。菜市场侧门外的这条路上本不允许设摊卖东西，抓住了，一律没收——长顺除外！因为他有精神病。

长顺的精神病不是天生的。年轻时，他是民兵营长，根正苗红、一表人才。后来，他和一位地主家的小姐相爱了。如火如荼的大背景下，这样的爱情注定没有结果。他们无奈分开。地主家的小姐嫁给了老实巴交的贫下中农，他被停职、要求反省，没完没了地写检查。他扛不住这样的心灵折磨，也不敢相信海誓山盟的爱人离开自己。他心尖上绷着的那根弦，终于在一个风高月冷的夜晚，"铮"一声断掉了。

这一断，就是一辈子。

长顺并非游荡在菜市场的唯一的精神病人。还有一个疯疯癫癫的老太太，与他年龄相仿，头发乱糟糟，面孔黧黑，不管寒暑都是单衣单裤。人虽然佝偻着，脚步却坚定有力，似乎这世上的寒冷也奈何不得她了。每次她哼哼唱唱、手舞足蹈地打这条街上经过时，长顺一贯黯淡的眼神瞬间变得灼灼有神，他定定地望着她的一举一动，直到她跑出去很远、很远。

镇上几个上了年纪的老人说，那个疯老太太就是长顺未能挽手的恋人。也有人否定了这个说法。

是也好，不是也好，有什么区别呢？毕竟，长顺都九十多岁了。

剪刀

一箩巧，二箩拙，三箩骑马看田禾。
四箩空，五箩忠，六箩帮人打长工。
七箩种田，八箩卖盐，
九箩拾破烂儿，十箩卖马马儿（老婆）。

这是本地很多人到了一定的年纪，仍朗朗上口的一首童谣。

"箩"应作"螺"讲，意为螺纹、指纹。因其形似箩状，用"箩"更生动一些。正宗的"箩"须是同心旋转纹，至少在指心处，指纹要旋转归结到一点。小孩子拿东西不稳，掉了或摔破了，大人不见得上纲上线地教育，但免不了要埋怨一句：你手上没箩啊！

手指上没箩不行，有箩，也要按着性别看数目。当然，信则有，不信则无。这就是个民间说法，没有任何科学依据。有的人一生和箩的多少毫无关系，有的人却能百分百地应验。

以蔡美娣为例，摊开十指，她只有左手中指上一个箩。

一箩是个巧姑娘，蔡美娣的确很灵巧。首先，她长得灵巧，眼睛亮晶晶，笑起来两颗洁白的小虎牙若隐若现。其次，她的口舌灵巧。同样的一句俏皮话，同一个场合，别人说出来反响平平，她说出来，就能令人忍俊不禁。

蔡美娣的父亲原先是供销社的主任，母亲是联办厂的会计。父亲是有实权的小头头，母亲的收入稳定，他们家的日子算得上小康水平。蔡美娣是长女，后面有个弟弟。她打小没挨过苦、受过累，走起路来像一只流连在树林中的小鹿，活泼又轻盈。初中毕业后，她的父亲托关系把她送进了社办五金厂。她先学车床，带班师傅是个比她大七岁的小伙子，名字很特别，叫梁儒青。

蔡美娣青春正好，梁儒青仪表堂堂。青年男女本就容易相互吸引，再加上师徒俩朝夕相处，他们不出意外地牵手了。

对于女儿的恋爱，蔡美娣的父母起先极力干扰。一方面，梁儒青的父母都是两腿糊满泥巴的农民，收入低，家底子薄。另一方面，梁儒青的父亲在他们村的名声不太好，生性风流，与家外的女人纠葛不断，为方圆数里内的村民们免费提供了不少茶余饭后的谈资。老话有云："有其父必有其子。"在这样背景下长大的梁儒青，蔡美娣的父母着实不放心。他们的女儿天真、单纯，从小到大被父母护卫在羽翼下，从来不知人间险恶!

一颗心全系在梁儒青身上的蔡美娣全然不顾父母的阻拦,她躺在床上,水米不进,誓死捍卫自己的恋情。母亲泪水涟涟地劝她:"阿娣,婚姻是一辈子的事,马虎不得。姆妈是过来人,样样看得透。你和梁儒青好,将来怕要吃大苦头。听姆妈的话,收收心,别和他来往了。"

蔡美娣用被子把自己裹得严严实实,理也不理。

绝了两天的食,蔡父第一个沉不住气了。女儿是他的掌中宝,他舍不得女儿饿着肚子怄气,万一气出个三长两短,二十年的心血岂不是白白浪费了。罢了!罢了!

蔡美娣的陪嫁整整装了三大卡车,临上轿时,母亲还悄悄往蔡美娣手心里塞了一本定期存折。

婚后前几年,小夫妻俩蜜里调油,出门买个菜都要成双成对,好成了一个人似的。他们生了两个儿子,大小相差三岁,大儿子长相随梁儒青,小儿子的五官和蔡美娣相差无几。

他们的手头变得紧巴巴是在儿子上小学后。社办厂的效益下滑,业务越来越少。尽管厂里采取了多种措施开源节流,还是没能阻止这个老牌五金厂的逐步溃散。现状如此,蔡美娣心急如焚。他们家是双职工,五金厂一倒,意味着夫妻俩都要另谋出路了。梁儒青是老资格的带班长,厂里一时半会儿还缺不了他。蔡美娣手脚利落,车工技术炉火纯青,在她们组里长期绩效第一，暂时没有下岗的危险。但她思考得全面，望得远，不愿陷入被动的局面。她和梁儒青商量，说与其夫妻俩半死不活地吊在一棵树上，不如自己先辞工，看看能不能想出其他的办法。

梁儒青听了妻子的打算，极力反对。他认为社办厂还没有完全瘫痪，未来什么走向没法预料，到时出了厂的蔡美娣要想原路返回就不可能了。蔡美娣又没有现成的手艺，难道天底下的钱是随随便便就能赚到的吗？

赚钱的门路蔡美娣早胸有成竹——做"篮头生意"。

此处是山清水秀的丘陵地带，笋、细蚕豆（豌豆荚）、樱桃、桑果、杨梅、黄花梨、玉米、黄心土豆、鲜花生之类的优质瓜果蔬菜，一年四季不断。篮头生意很简单，一根扁担，两只篮子，天不亮就去菜市场边蹲守，有自产自销的菜农带着他们的东西摸黑来赶早市。如果有中意的货品，赶紧拦下，用批发价"包圆儿"。再匆匆赶去汽车站，乘上直达市区的公共汽车，在人流密集的街头或居民小区以零售价销售，赚取中间差价。乡下地里出产的瓜果蔬菜施的是农家肥，农药也打得少，鲜脆水灵，口感远远好过批量种植出来的大棚菜，颇受城里人的青睐。

蔡美娣天生是做篮头生意的料子，她能言善道，三言两语就讲得顾客眉开眼笑。她会心算，秤钩子上称的东西递到买主手上的同时，多少钱顺势报了出来。她不斤斤计较，有人缘。篮头生意也不排斥合作，货的量大，一个人"吞不了"，那么两三个做篮头生意的小贩就结成临时联盟，把事情办妥后按比例分配利润。和她合作过的人，当面背后都夸赞她的人品。

社办厂还是垮台了，梁儒青自认为做了那么多年的师傅，嫌弃做小生意没面子。蔡美娣送出去三条过滤嘴香烟，请一个熟人从老厂里买来两台折价的车床。梁儒青夹着包东奔西走，联系一些老业务单位的来料加工拉到家里做做，剥点加工费。

从表面上看，梁儒青"办着厂"，似乎很光鲜。但论实惠的话，拎着秤砣、挑着担子的蔡美娣，收入未必比三天打鱼两天晒网的丈夫低。她做篮头生意多年，像一根永不知疲倦的发条，每天嗒嗒嗒地转动着。家里的老房子翻新了，一应家电买全了。大儿子在读大学，小儿子进了职高学汽修。

眼见一切走上正途，蔡美娣大大松了口气，乡下城里来回奔波的篮头生意她早做累了，只是迫于生活的惯性，停不下来罢了。她撂下了包浆锃亮的扁担，在镇上菜市场的自产自销区租了一个两米长的小摊位，一般情况下，批发过来的瓜果蔬菜就摆在摊位上拆卖。逢年过节，她稍微忙碌一些，卖点自制的特色食品。

包蛋饺子，鸡蛋搅透，调点油、盐、味精，用一只生铁勺子在煤饼炉子上烫出圆溜溜的蛋皮子，往蛋皮子中间摆一块肉馅，夹住蛋皮子的一边对折，翻面。一个色泽金黄、香气扑鼻的蛋饺子就大功告成了。蛋饺子、肉丸子、粉丝、香菇、木耳这几样食材投进高汤烧滚，出锅前配一把碧绿的小青菜，就是一道待客的本帮菜"三鲜汤"。

八宝饭，碗底铺着厚墩墩的一层豆沙馅，蒸熟的糯米饭趁热覆在豆沙馅上，揿得严严实实。凉透后倒扣碗，取出定了形的糯米饭，依次在球状的饭面上放一两瓣煮栗子、莲子，三四个枣子，七八颗葡萄干，切碎的橘饼和一把红绿什锦丝。口味重的人，可以额外加几片七八成熟的纯肥肉片。把大杂烩似的八宝饭盛在盘子里，加点开水，猛火蒸二十分钟，取出，添两勺白糖搅匀，香甜可口。

菜市场另外也有三四摊卖蛋饺子和八宝饭的，都不如蔡美娣的名气大。她没有因为这个沾沾自喜，反而显得心事重重。

梁儒青勾搭了个相好的女人，是他"厂"里请来干活的工人的老婆。女人小巧干瘦、相貌平平。除了年龄占了优势，哪儿都不出挑。但梁儒青跟中了蛊毒似的迷上了她。给她的男人涨工资，逮着机会就往她家里钻。女人天天晚上去滨海广场跳健美操。梁儒青早早跑去滨海公园，猫着腰，躲在绿化带后面，隔着三五十步远，目不转睛地盯着跳健美操的情人。

滨海公园距离菜市场四五百米，有熟人认识他，问道："老梁，你这是干什么呀？"

梁儒青装模作样地看天,看地,伸伸手臂,踢踢腿,欲盖弥彰:"我锻炼身体呢。"

他在外面对情人千依百顺,恨不得为她做牛做马;回到家,又是大爷做派。妻子的活儿再忙,他都懒得伸出一根手指。妻子盼咐他的事情,他十有八九当耳旁风,还有一两次,当即甩脸子。

蔡美娣不是不晓得丈夫的花花肠子,心口长期像压着一块石头,但不便发作。儿子们大了,父亲这种没皮没脸的德行,万一传出去了,要影响孩子的姻缘。她去娘家吐苦水也是白搭,弟弟弟媳插手不了她的家事,只敷衍地劝她"忍忍"。年迈的爹娘不能帮她出头,反而拿她出气:进社办厂那会儿,老两口可是不同意她嫁给梁儒青这家伙,她是"自讨苦吃"。

纸里包不住火。两个人高马大的儿子不服气,相约去父亲情人的家里,指着那女人的鼻尖大骂一场。女人本不是省油的灯,两手叉腰,污言秽语源源不断。一来二去,蔡美娣的小儿子气血上涌,激动地冲上前,狠狠抽了那女人两记大耳光。女人掏出手机拨了110,警车呼啸而来,看热闹的人里三层外三层,围得水泄不通。

那女人给梁儒青打电话告状,说他的儿子受了蔡美娣的挑唆,把她的耳朵打得嗡嗡响,脸都肿了。

情人被打,梁儒青心如刀绞。他碍于儿子们的威力,不敢对蔡美娣动手,冷着脸躺在床上,不吃不喝,不言不语。

当年蔡美娣为了嫁给他,用绝食向父母表决心。二十多年后,丈夫为了安抚情人,不惜用绝食的招儿要挟蔡美娣。心灰意懒的她对丈夫说:"儒青,你起来吃点东西,好不好?我以后都不管你了,你爱去哪里就去哪里,爱找谁玩就找谁玩。"

蔡美娣一言九鼎。为了家庭完整、儿子们的脸面,她打落门牙和血吞。她的不闻不问是真的,如鲠在喉也是真的。做生意时,她没有了既往的麻利,干活乱七八糟,待人接物丢三落四。熟悉她的人都替她不值,说蔡美娣怎么落拓成这个样子,她原来多精干利落啊!

有一天早上,蔡美娣忽然一把掀翻了自己摊位上的两只盛着泡菜的塑料盆,捂着脸哇哇大哭起来。泡菜洒了一地,汁水滴滴答答。相邻摊位的小贩被她莫名其妙的举动吓了一跳,壮起胆子劝慰了她几句。她平静下来,擦干泪水,擤擤鼻子,又好像什么事都没发生。

爆发性失态宛如开启了潘多拉魔盒。她越来越精神恍惚,有顾客光顾她的摊子,询问价格。她的眼神飘在虚空的一个点上,置若罔闻。

蔡美娣疯了。她在市精神病医院住了一段时间,出来时人胖了两圈,身材严重走形。走路低着头,一会儿像小孩子那样咻咻地傻笑,一会儿交握两手自言自语。梁儒青轻描淡写地说:"吃药导致的发胖。她是重度抑郁,不吃药不行!"

儿子在外回不来,他们给梁儒青打了预防针:"我妈已经被你害成这样了,你再敢虐待她,要你好看!"

抑郁症患者不能总关在家里,否则要寻死觅活地折腾。梁儒青三天两头领着她出来放风。她已经完全被"封印"在了自己的茧里,与外界切断了一切联系。亲戚朋友叫她的名字,她毫无反应,只是瞪着呆滞的眼睛一动不动地站着。梁儒青在马路牙子上无所事事地消磨半晌,要走到十字路口对面的弄堂里去了。他快步在前,扯着她的手,像自由的放牧者,牵着一只迷途的羊。等他们的身影消失在弄堂尽头,有人摇摇头,轻轻地叹息一声。

梁儒青还当着众人的面呵斥过蔡美娣。他不知道为什么事光火了,黑着脸,扬起手掌大力劈到她的肩上。蔡美娣僵直地杵着,眼皮子都不动一下,像个毫无知觉的橡皮人偶。

蔡美娣有一次曾独自行走在马路上。大约是晚春时分,天气很热了,她还穿着一件厚实的紫色羽绒服,笑容透着无法形容的诡异,姿势别扭僵硬,跌跌撞撞地向前,向前,向前,额角上殷红的鲜血触目惊心,不断滴落。

之后,她再没露过面。

没有了蔡美娣的牵绊,梁儒青到街上来常常骑着一辆二八自行车,车龙头上晃悠悠地挂着两三样小菜。每每有熟识的人与他打招呼,捎带打问起蔡美娣的近况,他总是不痛不痒地回复道:"她呀——摔了一跤,爬不起来了。"

问的人大多"哦呦"一声,再无下文。

知情人掐掐日子,蔡美娣在床上躺了也一年多了。这一日,梁儒青到我的小百货摊上,说要买一把剪刀。我问他:"你要什么样的剪刀呢? 厨房里杀鱼剖鸡的? 专门剪指甲的? 还是简单地剪剪包装口袋的?"

梁儒青毫不犹豫地说:"我要最最锋利的。"

"最最锋利?"我咂咂嘴,"新剪刀都是锋利的,关键要看你用在哪里。"

"用在哪里?"梁儒青歪着脑袋,沉默了片刻,低声道,"我老婆一直躺倒在床上,屁股都烂掉了,我想帮她把那些烂糊糊的肉剪掉。"

"啊——这——"我被他的话惊得头皮发麻,结结巴巴地说,"这——恐怕不合适吧,你——应该把人送到医院去处理才行。"

梁儒青淡漠地说:"我已经咨询过医生了,医生说可以在家里自己解决。"

"家里处理的话,卫生也不达标啊。"我随手抄起一把黑皮套的铁剪刀,展示了剪刀外面一层亮汪汪的机油,"如果不能彻底去除这些机油、合格地消毒,要么容易造成创面严重感染,要么容易得破伤风,怕是有很大的风险吧。"

梁儒青左手托着下巴，右臂横在腹部，手背顶着左手肘，神情笃定："我用之前先把剪刀架在火上烧一烧。"

我的心倏然吊到了嗓子眼，无论如何也不敢将一把被火灼烧过的剪刀和一个躺倒在床的妇人溃烂的两臀联系在一起。我战战兢兢地给梁儒青提建议："你真想帮她去掉那些腐肉，不如试一试外科医生的专用工具，小摊子上的剪刀真的不行。"

或许我的建议起了效，或许有其他什么原因。最终，梁儒青没有买剪刀。他一手插在兜里，一手推着自行车，拖拖沓沓地走了。

上午十点左右，天色阴暗，可能快要下雨了，风扑进人的脖颈，分外地凉飕飕。百货摊前的我打了个寒战，拢紧了身上的薄棉袄，跺了跺脚——还是很冷！

父与女

正月初四早上九点多,何正升到我摊子上来买了一把大号的长柄不锈钢漏勺。我问他:"这么大的漏勺你有什么用?准备学厨师去?"

他一边从上衣的内袋里往外掏钱,一边说:"再过些日子不就得煮干菜了吗?前几年老去邻居家借,不方便。今年还是自己买一个吧,反正年年要用的东西,也省不了。"

干菜是浙东小镇的土特产,也叫梅干菜。外地人不晓得梅干菜中的乾坤,见它通体黑乎乎的,以为只是普通的咸菜干。其实不然。正宗的干菜制作程序有好几道,前后费时大约一月有余,十斤鲜菜顶破天晒得一斤干菜。

晒好的干菜分两种用途:一种是自用,自己家吃一点,去拜访亲戚朋友当伴手礼送一点。另一种是出售,扣去菜和笋的成本,赚点工夫钱。以我对何正升的了解,他是为了后者。

我笑笑,说:"老何同志,你可真能操心,这才刚过完年三四天，山里的毛笋恐怕还集体窝在泥巴里打瞌睡。到咱们这块来卖雪里蕻的菜贩子，怕都没你这么积极吧。"

何正升把漏勺夹在右边的胳肢窝下，咧咧嘴，站在我旁边不说话。我看他眉头微微地拧着，像是有什么心事，就随口取笑了他一句："大过年的，你这张脸怎么还皱巴巴的？有啥不开心的事，赶紧说出来让我开心开心。"

他轻轻地叹一口气："唉——"顿了顿又说，"我姑娘不理我了。"

"小孩子嘛，闹个脾气，不会当真的。"

"这回她当真了，已经一星期不和我说话了，我烧的饭她一口也不吃。"

"一星期不吃饭？绝食？那她怎么过来的？"我有点不相信。

"那倒没有，"何正升的头摇得像只拨浪鼓，"她自己在房间里泡方便面吃。"

"现在的孩子鬼精得很。"我宽他的心，"反正饿不了她，等她吃腻了方便面，自己肯定会跑出来的。"

何正升又叹了一口气，幽幽地说："方便面太没营养！姑娘老吃它怎么行？胃要造反的。"

"那是。"我顺着他的话回了这两个字，想了想，问他，"你姑娘怎么就不理你了呢？你们爷儿俩平时不是挺好的嘛！"

何正升张了张嘴，正准备说点什么，我的小摊子来了个要买牙签、清洁球的顾客，我赶紧丢下他去招呼我的生意了。等我忙完，转头一看，何正升早跑到几十米开外了，脑袋耷拉着，像歪掉的鸡冠子。

我认识何正升有七八年了吧。这是个扔在人堆里不大容易找出来的人，五十多岁，中等身材，衣着、长相一般，话不多。右脚微微地跛（小儿麻痹症的后遗症），站立不动时脚跛得不明显，要是他多走、快走几步，就藏不住这个缺陷了。他的正业是在半山的一个花木场里做小工：锄草、施肥、打农药、剪枝，这些活儿的劳动强度不大，一般的中年妇女都能胜任。早上七点去，下午四点半收工，一个工能赚一百元钱，工资按季结算。何正升的跛脚不得劲儿，难以负重，当初托熟人帮忙才寻得这份比较适合的工作，他很珍惜。

花木场里也不是天天出工的，要是哪天没活儿，何正升就拾掇村里划分给自家的一点竹山和几块零零散散的田畈。竹山打理好了，一年四季能卖竹笋：春天的毛笋、夏秋两季的鞭笋、冬季的团笋，也是一笔稳稳当当的收入。至于田畈里，花样还是比较多的，根据季节的变化，青菜、萝卜、茄子、西瓜、花生、番薯、洋芋艿之类的蔬果陆续登场。量不多，但都长得周周正正、清清爽爽的，想是何正升在它们身上费了不少心思。

何正升从来没在菜市场的指定区域买过摊位。他一年三百六十五天，只有一小半的时间来菜场卖菜。即使是年底的那几十天，来得稍微频繁些，他还是觉得六百元的"摊位费"不值当，宁愿在菜市场边缘打游击。

他来菜市场来得很早，天蒙蒙亮就到了。蔬菜都放在脚踏三轮车上，三轮车停在镇中路与市场、小区交界的马路牙子边，远远望见菜市场管理员来了，他马上推着车子就撤。他采取的是"敌"进我退、"敌"退我进的灵活作战方针。镇上的城管八点上班，何正升的蔬菜是他打着手电筒摸黑到地里弄上来的，新鲜水灵，卖相好，往往不用等到八点钟，他就卖光了。偶尔剩一小把虫子疤多的青菜或几根歪歪扭扭不登样的茄子，他会很热情地拿过来送给我："三三，你中午炒一盘子吃吃。"

通常情况下，我是他的义务"侦察兵"，在管理人员即将抵达之前给他提个醒，免得他因为来不及躲开被抓个正着。在菜市场指定区域外卖菜是不被允许的，管理人员有权收缴他的秤，一台电子秤将近两百元，够他卖好几天菜了。有我给他"望风"，他的胆子壮多了，即便是逃跑，也是从从容容地。

他的家里只有两个人：他和女儿。老婆前几年和他散了伙，跑到别处去了。离婚这个事儿不是他亲口讲的，是我无意间从几个凑在一起闲聊的老太太那儿听到的。

这个镇子很小，闲人也多，家长里短很少能瞒得牢，更何况何正升的家就在马路对面的一条小弄堂里。弄堂深深，墙壁

167

挨着墙壁，门对着门，哪怕一户人家不小心摔破了一只碗，弄堂另一头的耳朵都会像天线一样在第一时间收到信号。老太太们还言之凿凿：何正升的老婆做人不地道，好吃懒做，在外面搭了个"相好的"。他们两口子离婚不是何正升本人提出来的，是他姑娘一定要爸爸离婚的。

何正升在我旁边断断续续地卖了几年菜，从来没有抱怨过一句前妻的不是。如果说他的婚姻生活真如老太太们说的那样绿云罩顶、一塌糊涂，那他心里不可能不郁闷。可委屈巴巴的男人，忍得住不吐槽、不背后爆料、不狠戳前妻的脊梁骨，个人的性情是一方面，主要还是念旧情。大道理谁都懂，小情绪才考验一个人的修为。单是这一点，也值得我对他刮目相看。

何正升的姑娘我见过两次面，个子不高，偏瘦。鼻梁上架着一副黑框的近视眼镜，面相不凶，怎么看都不像能把妈妈赶出家门的狠角色。她第一次来是给何正升送早饭。何正升赶早下地取菜，不在家吃早饭，街上卖的包子油条之类的点心，也很少看到他吃，说是不卫生、吃不惯，实际上还是因为节约。他给我算了笔小账：一只菜包子一块钱，他起码要吃三只才饱。菜市场里切好的年糕片两块二毛钱一斤，一斤四两的年糕片他能吃好几顿汤年糕了。菜不用花钱，自己家地里有的是！

他姑娘给他送的早饭是老街上五元钱十只的小笼包子和一袋豆浆。何正升不接，一个劲儿地往姑娘手里推："我不饿，真的不饿。你买这些干啥,多浪费,自己吃吧!"

爷儿俩你来我往地推了三四个回合,街上来来往往的人个个好奇地往这边瞄。姑娘被爸爸推得有点烦了,一生气,迅速把包子往何正升的车把手上一挂,噔噔噔地走了。何正升脸上的笑意打不开,又收不回,只得尴尬地目送姑娘的背影消失在弄堂口。

他把沾满泥巴的手在膝盖上用力擦了擦,打开装包子的袋子,一口一只,吃得喷香。

后来那姑娘就再没来给何正升送过早饭。要是换成我,何正升这么不识趣,我也不愿意来。

姑娘第二次来是帮何正升卖花生。这个镇上的人买花生图新鲜,提前摘下来过了一夜的花生变色发黄,不讨人喜,价钱也卖不上去。所以何正升的花生全是带秆子从地里拉过来的。潮乎乎的泥巴还糊在花生根脚上,一边摘,一边卖。他的花生地不大,突击两天就能卖完。何正升的姑娘在镇上的职业学校读幼师专业,星期天本来要到市里去学舞蹈,想是怕何正升一个人忙不过来,早早地来帮他摘花生。那一天,何正升收了一张五十元的假钞。新的小面额假钞纸张挺括,配色也接近真钞,不注意看,真不容易辨识。十二元的花生送出了,何正升还倒赔出去三十八元。幸亏那个人没跑远,何正升一颠一颠地追了好几十米,在马路边上和那个用假钞的人理论上了。

不知道是何正升嘴拙还是那个人蛮横，两个人面对面在那儿比比画画，似乎难以沟通。何正升的姑娘起先埋着头摘花生，过了几分钟，见爸爸还没能把五十元钱换回来，就把花生秆子往地上一放，不慌不忙地走过去了。

五十元钱最终是姑娘要到手的。一没见她发脾气，二没听她飙高音，轻轻松松解决了问题。何正升的老脸涨得红红的，回到花生摊子上还是气得前言不搭后语。我替他松了口气："今天这五十元钱，要不是你姑娘在，绝对白送了。"

"就是白送，人家也当咱们是大傻瓜呢。"何正升的姑娘细声细气地补了一句。

我问她："那个人牛气冲天的，你怎么把他摆平的？"

小姑娘推了推滑到鼻尖上的眼镜，笑笑，就说了一句话："嘁，他欺负我爸老实人呗。"

花生卖光了，何正升细细地点了一下钱，总共二百三十五元，爷儿俩都高高兴兴的。何正升去菜市场里买了牛肉和两只大螃蟹。螃蟹是活的，在塑料袋里刺啦刺啦地折腾。我故意问何正升："你今天怎么这么破费？买牛肉和螃蟹的钱都够你吃一个月的汤年糕了。"

何正升把买的菜递给女儿，说太阳毒，让她先回家。他去旁边的副食店借了一把笤帚过来，三下五除二把掉在街面上的泥块儿、花生叶子扫成一堆，用袋子装起来准备带走。这些垃圾，就是他不弄干净也没关系，负责这一片的环卫工人总会来清洁，但他这个人很自觉，做事有头有尾，基本上能做到不给人添乱。

去年腊月二十三后，他天天到街上来，卖笋，卖鸡，卖山羊肉。鸡和羊都是他自己养的，鸡七八只，羊两只。羊隔天卖一只，请人杀好了，一块块切开，摊在地上卖。鸡是活的，关在三轮车上的一只大竹笼子里。我提醒他："鸡笼还是搬下来放在街边上好，买主看得清楚。三轮车高，街上的人又走得快，哪个注意得到笼子里关着的鸡呀？"

他原地转了几个圈，指了指一侧的药店大门，摇摇头："算了，鸡要不停地拉屎，待会儿把药店门口弄脏了，不大好。拉在三轮车上不打紧，我回头去小溪洗洗干净就成。"

他的两只羊卖得还算快，都是当天卖完的。鸡因为困在三轮车里，曝光率不高，一直卖到腊月二十八中午才结束。东西脱了手，他明显松了口气，但并没有置办什么年货。我说："何正升，你看人家都在大包小包地囤年货呢，你怎么不去买点？"

他掸了掸肉肩和衣襟上的灰尘，说："一家人整整齐齐的才叫过年。我和我姑娘两个人，凑合凑合算了。"

凑合凑合算了——这是什么话？可他们爷儿俩又是怎么凑合的？家里总共才两个人，还各自为界，一个吃饭，一个吃方便面。

正月初八，何正升再次来到街上，依然眉头不展。我又把初四早上被打断的问题提出来："你姑娘为什么不理你呢？"

"我卖了狗。"何正升瓮声瓮气地说。

"你姑娘养的宠物狗？"

"不是，就是我家里养的那条黄狗。"

他这么一说，我想起来了：何正升家确实有条大黄狗，毛色光亮，精精神神的，跟着主人来街上卖菜，乖巧地趴在三轮车肚子底下，也不到处乱跑。天气转凉后，它出来过两次，我朝它招招手，它迟疑地贴近我的裤腿闻了又闻，像是在验证什么信息。我知道它听不懂人话，还是和它开玩笑："你看你这一身黄皮，这么漂亮，可不要叫人吃了去。"

我不是吓唬它。这个镇上一到冬天就丢狗，尤其是块头大的土狗。要么是偷偷放麻醉剂，要么是投一嗅即倒的毒药，反正平常人办不到的缺德事，那些偷狗的二混子手到擒来。就我居住的小万家村，短短两三个月里头，就失踪了四条狗。

何正升的黄狗养了四五年了。按理说，也养出感情来了，怎么莫名其妙地卖了呢？

"姑娘明年就要去市里的一家幼儿园实习了，她一直想买台笔记本电脑，工作上少不了。我问了一下电脑店里的熟人，有品牌的要八九千块。过年的鸡和羊卖了一点，花木场里结了点工资，我算了算还差点。正好有个以前来我家买过鸡的老板来向我打听哪家有狗卖，我……我就把黄狗卖给他了。"

"卖了多少钱？"

"一千块。"

"那你事先和你姑娘商量了吗？"

"没有，狗是腊月二十九上午卖掉的，我姑娘傍晚才到家，学校放假后她在快餐店打工。"

"所以你姑娘为这个事不理你了？"我说，"既然你姑娘不同意你卖狗，你怎么不去把狗追回来呢？"

"追了，我追了，"何正升不自觉地提高了嗓门，"我打听了好几个人，可还没等我摸到那个买狗的老板家里去，黄狗自己回来了。"

"那挺好呀。你把钱再退给人家，这事也就结了呀！"

"怎么退？狗脖子上两个大窟窿，一身泥、一身血。人家杀了两刀没杀得死它，它还有一口气，跌跌撞撞地逃回家来了。孩子看了它那可怜样子，哭得不行。"

我白了他一眼："孩子能不哭吗？养了四五年的狗，跟半个亲人似的，现在叫人家宰得鲜血淋漓的，死在自己跟前。你这个爸爸还是个大帮凶，姑娘一时半会儿怎么能接受得了。"

何正升的脸垮了大半边，可怜巴巴地念叨着："我就是想给她凑一台电脑的钱来着，她上班用得上……"

作为在社会上滚过油锅的中年人,我能体会何正升的苦心。一个靠在土里扒食的父亲,节约得连吃早饭的开销都要精打细算,一心一意为姑娘着想,努力踮起脚尖去托起孩子的愿望。你能不管不顾地批评他贪图人家的一千块钱吗?

可我的体谅又有什么用呢?他家姑娘——那个懂事的姑娘能想通这件事,原谅爸爸,跟爸爸和好如初吗?

我想,她一定会的。

说不定明天,说不定后天,说不定过几天。那一天,总会到来的。

在人间

觅菜

他有名,也有姓。

活在这世上,谁会是个没名没姓的人呢?然而奇怪的是,这附近的人都商量好了似的,只管他叫"三老爷"。

"三"是他的排行,"老爷"又是什么意思呢?寺庙里香火供奉着的有城隍老爷、土地老爷、财神老爷、手持青龙偃月刀的红脸膛关老爷。开春时村口搭了大油布棚子,请草台班子演地方戏,戏台子上走来走去的有员外老爷、县官老爷、状元老爷等等。很显然,这些恒久地存在于神界和戏剧中的"老爷"们才是名副其实的。"老爷"或脚踏祥云高高在上,或大红大紫非富即贵。他那么一个天天甩着两腿泥点子行走在乡间的人,怎么会年复一年、日复一日地被人称为"老爷"呢?

别人叫他,轻轻巧巧地。他应得,竟也自然而然地。

去村外的苞谷地里干活,扛着锄头的村人和他打招呼——"三老爷,你来啦!""哎,来啦——"家里的午饭熟了,河对岸的田埂下还不见他的人影,从厨房里走出来的女人往正玩泥巴的孩子嘴里填一块软糯的红薯,吩咐她去叫三老爷回来吃饭。小孩子的腮帮子鼓鼓的,舌尖上甜甜的,一步三跳地出了院子向东走去,绕过一条不长的、S形的水坝,站在坝口前脆生生地喊起来:"三老爷,该吃午饭啦!"几嗓子过后,闷闷的一声"哎,来啦——"的后半截上,他像忽然从庄稼地的深处长了出来。农闲时,他跟着基建包工头外出做泥水小工。大早上的,天刚蒙蒙亮,包工头开着拖拉机来载他。拖拉机又旧又破,喀喀地咳嗽着,像个久病不愈的肺痨患者。坐在拖拉机车厢内的某一位老汉便就着喀喀作响的节奏在水坝的东头直着喉咙催促几声——"三老爷,你快些!""哎,来啦!"

三老爷没有娶过妻。一是因为年轻时家里穷,前面的两个哥哥成家花光了父母所有的积蓄,好事情就轮不到他了。二来呢,好像他还在襁褓里时发过一场三天三夜的高热,差一点没了小命,好了以后脑子就不大行了。

光看他这个人,倒也不能说他"不大行"。除了不识字(那个时代出生的人识文断字的本也不多),除了不爱开腔(他待在家里当真是一天说不了三句话,但迈出家门后,据说也能和某些村人说几句俏皮话),养鸡喂猪、洗衣、烧饭、耕田锄地、收收种种之类的都是一把好手。他不抽烟、不喝酒、不打牌、不串门,出门干活,归家吃饭,天黑后早早地关进自己的房间呼呼大睡。

　　他家院子里有两排高平房,前面的一排四间。由东手边起,依次是厨房、吃饭厅、大人的房间、小孩子的房间。饭厅的后门连着天井。天井的右边是个方方正正的菜园子。菜园子一边依着平房的后墙,另外三边拉着一道竹篱笆。夏天到了,弯弯曲曲的黄瓜藤在篱笆上爬上爬下。入了秋,篱笆上招摇的是一溜儿俏生生的紫扁豆。篱笆脚沿下排着一队香气扑鼻的薄荷——这里的人酷爱用薄荷叶子泡水喝。往里去,几垄碧绿肥大的韭菜,一大片水灵灵的小青菜,一株半人高的、不怎么挂果的金橘树,一蓬有了些年头的、开得很尽兴的黄月季,一棵枝繁叶茂的桂花树。八月的桂花香气扑鼻,摘下来用白糖腌制一下密封保存。正月十五有吃糯米汤团的传统,豆沙馅里加些桂花糖调味尤其好吃。

　　天井的左边是两间红砖墙、稻草顶的猪舍,猪舍里养着三四头猪。二三月里从集市上买回来的奶猪,尾巴跟细绳子似的卷在屁股上,个头儿比狗大不了多少。一心一意地养到快过年,它们就能长成一二百斤的肥胖子。猪和人一样,一天吃三顿,这三顿大多是三老爷一手打埋的。上半年,地里新鲜的番薯藤或萝卜菜敞开供应。入了冬,红薯、萝卜、大头菜、芋头剁碎了,杂七杂八的一筐倒进厚浊浊的洗锅水里焊烂,掺几瓢凉水,用手捏得碎碎的,最后拌些玉米渣子、麸皮、粗糠之类的细食。猪儿们闷着脑袋挤在石槽边，吃得一头一脸的细食糊糊。偶尔抬起头来欢快地哼唧几声，小眼睛亮亮的，像是在向三老爷表达它们由衷的谢意。

猪舍的一个角落辟出来搭了鸡窝。鸡鸭不分家。十来只鸡和十来只鸭凑成一堆，一会儿是鸡嘀咕几句，一会儿轮到鸭嘎嘎两声。看起来它们相处得还很和谐。鸡鸭不大用喂，它们自己会出去找吃的。三老爷给猪喂早食时，顺手拉开拦在鸡窝上的网，于是鸡们扑腾着翅膀争先恐后地跑出猪舍，熟门熟路地去草垛下或竹园里扒虫子。屈居在鸡窝中的鸭子大概早习惯了寄人篱下的谦卑，从不挑衅鸡的优先权，往往要等到所有的鸡都跑光了，它们才在头鸭的带领下一摇一晃地走向猪舍背后的小河。

后排的三间平房，最左边的一间长期堆放着农具和粮食口袋。当中的一间是堂屋，堂屋的墙上悬挂着一幅很大的彩色寿星图。寿星慈眉善目，左右两侧各立着一位憨态可掬的童子。堂屋上方靠墙的是一排漆成深黄色的木柜子。一脚跨进堂屋，跃入眼帘的首先是柜面上那几个先人的相框及木牌位，然后才是两只小小的公鸡石膏像，一对插着红色假花的长颈花瓶，另外还有此处家家户户都会"请"的尺把高的送子观音（石膏的）和一块三角形的"犁头将军"（铁铸的）。一张枣红色的八仙桌占据了堂屋的正中位置，清明节、七月半、冬至及过年的祭祀仪式都在这张八仙桌上进行，一家人依次跪拜磕头，烧过的纸钱黑蝴蝶般地飞起又坠下，堂屋一度显得很拥挤、很神秘。但没什么特别的事情，住在前面一排平房里的人都不怎么往后面来。所以，堂屋里总是安静的，八仙桌上落着毛茸茸的一层灰。

三老爷睡在最右边的房间里。屋里一口灰扑扑的单开门大衣橱，两只摞在一起的樟木箱子，样式老旧的雕花木床，床头的柜子上搁着一盏灯芯子干巴巴的洋油灯。三老爷一进房间就脱衣上床，很少有什么事值得他特地点个灯。半夜里的月光从窗户溜进来，水银般汩汩地流了一地。不过，这不关三老爷什么事，他睡得很深、很熟。

腊月底，包工头揣着小账本子给三老爷结算工钱来了。进了屋，并不找他，直接一五一十地把一沓子钱数给这家的当家人——他的侄子国财。国财的爹是三老爷的二哥。三老爷在国财的家里落脚好些年了。当初是国财给村主任、书记各送了两瓶洋河大曲和一条大前门香烟，才把三老爷的户口迁进了自家的户口本。在这之前，三老爷住在大哥大嫂的屋檐下。

大哥住在前庄，二哥家在后庄。所谓的前后庄其实离得并不远，走走也就十分钟的路程。前庄大哥家的房子是在祖上留下的老屋地基上翻盖的，后庄是大哥二哥分家立户后村里批出的新宅基地。前庄后庄的两家人平时各过各的日子，也只有逢年过节或遇上儿女婚嫁的大事了，大家才客客气气地聚一场。

前庄的大哥家六个孩子。前面的五个全是女儿。在农村，女儿哪怕有一个加强排都不行，没有儿子就是"绝户头"，要被人背后戳着脊梁骨笑话的。当时计划生育搞得如火如荼，排行第六的儿子是借用了三老爷的名额才顺利出生的——三老爷虽然光棍一条，但他的名下有一个小孩子的户头可以上报。在农村，这叫"过继"，于情于理都讲得通。大哥家的儿子叫全安。名义上，三老爷有了一个日后为他养老送终的儿子。实质上，是三老爷为大哥家省下来一笔可观的超生罚款。

有儿子没儿子，三老爷还是原样的三老爷。他不笑，不哭，不喊苦累。坐着，就是定定地坐；走着，就是直直地走。他的安静仿佛是与生俱来的状态，以至于无论多细致的人也不能在他那褐色的脸膛找出第二种表情。没有表情是他的特点，但肯定不能算他的缺点。

他有啥缺点呢？——拒吃苋菜算不算？

本地的人家门前屋后都长着几株红苋菜。这东西不是有心种出来的。它们大多自生自灭。种子可能是鸟儿嘴里衔着或蚂蚁搬过去的，也可能是风吹过去的。贴着地发芽，得着少少的一点壮气就使劲儿地拔高、增粗，通体红得发紫。吃苋菜吃的是叶子。它不怕掐，越掐，它越长得"披头散发"。炒熟了的苋菜盛在盘子里也是紫红紫红的，汤汁简直红得刺眼。吃了苋菜的人的嘴唇和牙齿也是紫红紫红的，看起来莫名的怪异。要是哪一天的饭桌上独有一碗炒苋菜,三老爷宁可光吃白饭。不要提吃了,哪怕是坐,也尽量远远地避着苋菜盘子。

苋菜不比大蒜,吃过后口气发臭;苋菜也不是小米椒,辣得难以下咽。大嫂子很不屑,当面说道过三老爷好多次了:"呵,你有我们家的一口现成饭吃算你前世修来的福气,有什么好讲究的?我们一家人都不嫌,难不成我们还不如你?"

三老爷捧着碗,眼皮子都没抬一下。

大哥有春秋两季定期发作的哮喘病,根本干不了重活。家里几亩责任田的耕耕种种几乎全由三老爷承担。他似乎天生是块干活的料子,力气比别人大,走路比别人稳。农忙时,他一个人拖着码成小山包的双轮车,全安还要趁他弯腰的当儿锁着他的脖子,爬到他的背上赖着不下来。

三老爷牛一样地拉着重车,背上趴着猴儿一样的皮孩子,一路吭哧吭哧。刚到家门口,大嫂子一惊一乍地迎上来,夹枪夹棍一顿吼:"全安,你个死孩子,你活腻烦啦!自己没有腿吗?居然爬到三老爷的身上要他背着。万一脑壳子摔破了,你就变成一个小傻子了!你有几条小命够摔的——啊?"

小孩子精刁,见自己的娘生气了,眼珠子溜溜地绕了一圈,手指马上戳向三老爷:"不是我要三老爷背的,是三老爷非让我趴在他背上的。"

大嫂叉着腰,喉咙山响:"三老爷脑筋不灵光,你也学他的样吗?"

全安吐吐舌头。娘儿俩拉拉扯扯地往屋里走。

三老爷一声不响地卸车。

三老爷五十来岁后搬到了二哥家住。搬走不是他自己的主意,也没有谁来征求过他的意见。二哥家一儿两女。老话有云:"嫁出的女儿泼出的水。"她们跨进夫家的门后,生男生女都不要紧,轮不到自个儿的爹娘操心。可儿子家生下来的是个女儿,做爷爷的难免意难平。他觉着姑娘长大终归要嫁人的,退一万步讲,即使以后能招个孙女婿上门,哪怕人品再好,感觉上还是借用了外姓的血脉——不大踏实啊。大孙女甫一出生,老两口默默地对视了一眼,让国财媳妇拼二胎的想法立刻就诞生了。

超生光是罚款的话,也咬咬牙认了。可国财是乡供电站的电工,算公家人。国家有明文规定,公家人敢私自超生的话,马上开除公职。孙子固然重要,国财的铁饭碗万万是不能丢的。二哥思来想去一番,认为还能借鉴一下大哥家当年用在全安身上的办法,先把三老爷的户口办到后庄去,国财负责给三老爷养老送终。有三老爷坐镇,国财家生二胎就不算是违反国家政策了。

为这个事,二哥带着国财专程跑了一趟前庄。大哥大嫂当场一口应承了下来。全安快上初中了,计划生育的大风早刮不到他的脑袋瓜子上了。事关至亲弟弟一门的香火大事,大哥大嫂不好不帮这个忙。再则,大嫂子暗地里掰掰手指算了算,三老爷也快六十岁了,他还能像黄牛一样地劳作几年?说不定哪一天就干不动活儿了,给不给他吃,养不养着他?吃得五谷粮,免不了要生病,周边的乡亲们都知道全安是三老爷的继子,倘若他老了,有个三病六痛的,短不了是全安的累赘。全安再怎样不情愿也不能把他扫地出门吧!那还不得给众人的吐沫星子淹死。既然现在老二家主动提出来要三老爷过去,她也乐得顺水推舟。一来,提前给全安卸掉了负担;二来,不管老二家最终能不能抱上孙子,他们一家还得欠前庄的这份情不是?

忙过了人仰马翻的秋收,三老爷又铆足了劲儿帮大哥家预备足了过冬的柴草堆子。国财蹬着自行车如约来前庄接人了。大嫂子亲自拾掇的两只布包袱一左一右地挂在车龙头上,后座上捆着一床黑乎乎的老棉花被。三老爷走在国财身后三五米的地方,袖着手,脑袋微微地勾着,脚步很重、很稳,像是一个毕恭毕敬追随着雇主的老长工。

换了新的家,过的还是从前庄复制过来的白天黑夜。后庄的人比前庄少,二哥二嫂早几年就和国财一家分开过了。两个院子中间打了一道土垛的矮墙,老两口的吃住在矮墙另一边的三间房子里。三老爷随国财一家三口过。国财的媳妇儿不爱说话,笑脸也少。闺女过了年该八岁了,在后庄的中心小学读三年级。闺女的成绩不好,数学回回考不及格。为这个事国财都不知道在饭桌上骂过闺女多少次了。一骂，闺女就眼泪汪汪的。国财的媳妇看着闺女叹气，又不敢帮她。三老爷捧着饭碗不出声地吃。国财不责骂闺女，他吃两海碗饭；国财在饭点上开批斗大会，他吃一碗就先离桌了。

过了年，气温转暖，厚棉衣渐渐地穿不住了。冻了一冬的土地苏醒了，眼看着该下玉米种子了。预备培育玉米"营养钵"的几分地，三老爷花了一天半的时间耕好了。中午他扛着木犁从地里回来，突然跟国财媳妇说他想去前庄一趟。国财媳妇问他："你今儿去了，今儿还回来吗？"

三老爷没说回来，也没说不回来。他只是说去看看。

在国财家安身也不少日子了，三老爷第一次提出要去前庄。国财媳妇做好的午饭他都没吃，兴兴头头地洗了把脸，换了身清爽的衣裳、一双干净的黑方口布鞋，手腕里挽着一只布包袱，一副走亲戚的架势。国财媳妇满以为他至少要在前庄待上两三天，结果，太阳还高高地挂在头顶上，他又拎着布包袱打道回府了。

过了几个月，国财媳妇从前庄大娘的口中得知，三老爷去前庄的那天是全安的生日。

独苗儿子过生日，大哥大嫂子很看重，宰了家里最肥的一只大公鸡，又去十来里外的集市上买了鱼、割了肉，很是破费了一笔。几个女儿、女婿都来了，欢欢喜喜地围满了桌子。三老爷进了院子，堂屋里的一群人吃饭的吃饭，说笑的说笑，没有谁腾出眼睛来注意到他，更没有谁跑出来问一声他吃过午饭了没有。他棒槌一样立在大门边，站也不是，走也不是。

一大家子的人吃饱喝足了，大嫂子这才像发现了新大陆似的出了声："哟，三老爷啥时候到了呀？来了咋不吱一声。"

三老爷抿了抿嘴，什么也没说。大嫂子顺手把墙边上的一根扁担递到他的面前："你来得正好，厨房里的水缸见底了，你赶紧去挑满。"

挑满了一缸水，又刷洗好了一桌的碗筷。三老爷前胸贴着后背回到后庄，从此再没在国财两口子面前提过要回前庄的事了。他对日子的顺从一如既往。吩咐他干什么活儿，他就老老实实地干，国财媳妇给他穿什么他就穿什么，家里预备什么饭他就吃什么。唯一令人不解的是，他始终不吃苋菜。

国财有一回多喝了二两小酒，趁着三老爷不注意夹了点苋菜送到三老爷的碗里。也就是一时心血来潮开开玩笑的，没料到三老爷一下子翻了脸，把手中吃了一半的饭碗重重地倒扣在桌上，二话没说，夺过国财的酒杯啪啦一声扔在桌下，然后气鼓鼓地夺门而出。

国财的酒意被三老爷惊飞了，讪笑僵在了脸上。

国财媳妇鼻子里哼了一声，向着屋顶翻了个大白眼。

三老爷在后庄就发过那么一次脾气。

两年后,国财媳妇生了二胎。人算不如天算,还是个妮儿。妮儿就妮儿吧!这孩子的额角上还有一块紫红色的胎记。医生说,那胎记其实是血管瘤,会随着孩子的长大而扩张。运气好,它扩张的速度不快,对孩子的容貌影响就不大;万一不行,将来还是要去大医院动手术的。

医生的一席话顷刻间把国财父子的心说得瓦凉。国财爹连刚出世的小孙女都没去望一眼,直接就从医生的办公室回家了。

本地的习俗,新生儿满月的当天要请村里的风水先生排过八字再取名字的。命中缺火的,名字里要带火字旁。命中缺水、缺木或缺其他什么的,就得把缺的补上。这么做,不光是体现出长辈的慎重,也是对孩子一生的祝福,希望孩子圆圆满满。国财家的二妮没有这样的待遇,她的乳名是国财爹自己取的,图个省事,就叫二子。

果然如医生所预料的一样,二子长大,她脸上的胎记也跟着长大。先是小如拇指头,颜色淡淡的,还不大引人注目。慢慢地就有核桃那么大了,紫红紫红的。如果没有打娘胎里带出来的这讨厌的东西,二子还是长得很耐看的,瓜子脸,大眼睛,一笑,嘴角两只浅浅的梨涡。

孩子天生有察言观色的本领。二子知道爷爷奶奶不怎么喜欢自己,也很少主动往他们屋里钻。她打小爱跟着三老爷转,是三老爷的小尾巴。困了,三老爷的臂弯是她的摇篮;吃饭时,她坐在三老爷的膝盖上。

三老爷去大河边的货轮上做挑夫挑黄沙——一根扁担、两只竹筐，把船舱中的黄沙挑进等在岸上的拖拉机车斗里。挑一担子有三分钱的工钱。天黑后，他一到家，二子的手心里立刻多出了几只又圆润又好看的小石子。那是三老爷特地在黄沙堆里选出来给二子玩"抓子儿"的。

只要是三老爷烧饭，灶膛里一定给二子煨点什么零嘴儿，馒头片儿、花生或者红薯。最奢侈的是在汤罐里煮只鸡蛋。二子躲在灶台后面剥去鸡蛋壳，咬掉两口，剩下的一口悄悄地塞到三老爷的嘴里。

油菜花开得像着了火一样旺时，三老爷带着二子下地干活，会陪着她一起捉小蜜蜂。看见蜜蜂停在花朵上采蜜，蹑手蹑脚地靠上前，用一只事先洗干净了的洗衣粉袋子套住油菜花朵，然后慢慢地、慢慢地拢住袋口，把蜜蜂往袋角里逼。一会儿的工夫，洗衣粉袋子里就盛了十来只小蜜蜂。

小蜜蜂嘤嘤嗡嗡地在袋子里闹。

三老爷不许二子把小蜜蜂弄死。关在洗衣粉袋子里的小蜜蜂在他俩回家前还得轻手轻脚地放回油菜花上。他一边放，一边告诉二子，小蜜蜂和人一样，也是活生生的一条命。人要活，小蜜蜂也要活，而且小蜜蜂是有家人的。它外出采蜜不按时回家，它的家人要难过的。

二子读小学一年级时，老师布置了作业，让班上的学生回家画一张图画，题目就叫《我的一家》。晚上，二子趴在火油灯下认认真真地画画，先用铅笔勾出轮廓，再用花花绿绿的蜡笔上色。她一共画了五个人。爸爸、妈妈、姐姐、自己，还有一个戴帽子的矮个子老头儿。

二子把图画上的矮个子老头儿指给三老爷看："喏，这是你。"

老师在课堂上表扬了二子的图画。二子把得了红五角星的《我的一家》贴在三老爷床头的柜子上。三老爷坐在被窝里一抬头就能瞧见。因为二子的图画，临睡前，三老爷的那盏之前派不上什么用场的火油灯总要亮上一小会儿。

从未生过病的三老爷病倒了。上吐下泻，面如土色，两条腿软成了面条，不扶着门框根本站不住。赤脚医生的诊断是痢疾。黄连素吃了，无效；屁股上扎了针，也无济于事。几天的工夫，三老爷就病得脱了形，一动不动地歪在床上，水米不进。

国财的丈母娘不知道从哪里找来了个偏方，取新鲜的红苋菜、奶浆草、瓜子草各一把煮水喝，早中晚各一次，准保见效。

煮好的水红得像快要凝固的猪血，散发着浓浓的苋菜青气。三老爷敷衍地瞟了一眼，怎么也不肯碰。国财两口子好话说了，狠话也说了，他就是铁了心地不喝。隔壁的二哥二嫂来了，劝也劝了，骂也骂了，他还是闭着眼睛无动于衷。

二子放学回来，书包都没放下，就端着热乎乎的一碗红汤跑进了三老爷的房间。

三老爷接连喝了几天二子端给他的药汤，顽固的痢疾果然好了。

二子晓得爱美了。她脸上的胎记越长越明显，颜色越来越深，表面上还凸起大大小小的疙瘩。学校里几个调皮的男同学背后给她取了个"蛤蟆大王"的绰号。放学路上，他们嘻嘻哈哈地尾随着她，阴阳怪气地喊二子"蛤蟆大王"。二子难过极了，不管什么时候出门都戴着一顶红色的帽子。帽檐宽宽的，耷拉下来，刚好遮住额角。

妈妈对二子承诺过，等家里攒够了一笔钱，就会带她去省城的大医院看看，医生一定有办法医治好她脸上的血管瘤。

二子多希望那一天快快地到来啊！暑假里，二子一个人走很远的路去捡知了壳卖到中药房里——知了壳十个一分钱。二子捡过银杏叶子，银杏叶子有治疗心血管病的作用，晒干了也能换钱。二子还捡过构树的果子，熟透了的构树果子是鲜红色的，软乎乎的。有一段时间，中药房的窗台下竖着一块小黑板，上面是粉笔写的七个大字：大量收购楮实子。楮实子就是构树果实表层那些芝麻大小的褐色种子。这东西不容易弄，大的构树一般都长在河边上，构树果实一成熟就留不住了，没有风也扑通扑通地掉进河里。把它们捞上来，细细地揉搓，用水一遍遍冲洗，滤掉杂质，满满一篮子的构树果实，洗净晒干了，顶多有半碗的楮实子。

二子是悄悄在做这些事情的。她记着妈妈的话，想尽自己的力量攒一点钱。

村外的两条河都很深。河水绿森森的，厚重而又诡秘。

二子没了的那一年不过十一岁。午间的太阳猛如火，知了躲在树叶间叫得声嘶力竭。大人们都在家睡午觉，二子偷偷地下河捞构树果，不慎滑进了水里。抱到岸上时她已经不行了。她口鼻里糊满了泥巴，是去河里洗木桶的三老爷跳下水去把她救上来的。

乡间不成文的规定：早夭的孩子不能留在家里过夜，没有资格进祖坟，不好经生身父母的手下葬。三老爷送了二子最后一程，他把二子埋在村外的一块野地里。

刚刚垒砌的、小小的一只土丘，光秃秃的。三老爷在藏着二子的小土丘边默默地待到后半夜。

第二年的初夏，村里有人发现二子的坟上长满了苋菜。苋菜一株挨着一株，密密的、艳艳的，远远地看过去，就像是谁无意间遗忘在野地中的一顶毛茸茸的红帽子。

黄猫

据说年四奶奶在娘家时有个很好听的小名。可不管她的小名怎么好听,一旦嫁到了梁庄,便形如虚设了。

梁庄这地方,在女人们穿着红艳艳的嫁衣踏进夫家门槛的那一瞬间,就会被前来围观新娘子的村民们冠以丈夫的名字和排行,成为梁庄人口中的"奶奶"。比如年四奶奶,"年"是丰年——年四奶奶丈夫的小名,"四"是排行——丰年前面还有三个哥哥。新媳妇的小名在夫家的使用期限至多一两年,孩子呱呱落地后,请庄上的风水先生排八字取名。于是,孩子的乳名缀上一个"妈"字,自然而然地取代了女人从娘家带来的名字。头生子叫顺子,这个女人就是"顺子妈"。头生女叫娟儿,这个女人就是"娟儿妈"。屋里人这么喊着,家外人也这么喊着。喊着,喊着,喊出了女人满面的皱纹、一头的白发。

年四奶奶没有开过怀。夫妻俩为了能求个一儿半女,迷信和科学双管齐下,庙里的菩萨神仙拜过,游医郎中的偏方少说也服了上百帖，几家医院的挂号凭证、收据存了一皮鞋盒子。然而，年四奶奶的肚子始终不见鼓起。

婆婆实在盼得心慌，拎着一只大公鸡去找了几十里外小有名气的杨瞎子打了一卦。卦象如何，婆婆归家后一字未露。然而，也就从那时起，家里所有人都商量好了似的改了口，不叫她的小名了，人前人后只称呼她"四奶奶"。丰年则最省事，仅仅，一个"哎"。

"哎，我今明两天不回来了。"

"哎，给我打一盆洗脚水。"

"哎，我娘最近腰疼得很，她屋里的一摊子事你去替她做妥。"

…………

丈夫的那些声"哎"，年四奶奶总是谦恭地接着，没有一丝怠慢。渐渐的，丰年连简单的一个"哎"也省略掉了。他是个漆匠，大部分时间在外做工，早出晚归。在活儿接不上趟的日子里，他自顾自睡懒觉，打扑克牌，或者闷声不响地推着自行车走了，不晓得他去做什么，反正一直到天黑透了都不见人影儿。年四奶奶一个人在灯下吃了晚饭，盯着堂屋墙壁上的几张彩色图画默默地发一会儿愣——图画里的胖娃娃虎头虎脑，粗胳膊粗腿，越看越可爱。她长长地叹一口气，搂住了趴在她膝间的猫。

年四奶奶的猫是"自来猫"。

前年冬夜,睡梦中的年四奶奶迷迷糊糊感觉到被子的那一头多出了一团软乎乎的小东西。丰年不在,恰逢村里又停电,她的心突然提到了嗓子眼儿,联想起从前听老人讲过的故事,说成了精的老鼠会趁黑爬到床上,伏在熟睡者的心窝上吸取精气。熟睡者非但没有反抗的能力,还可能四肢抽搐,陷入昏迷。她不敢起身点灯,哆哆嗦嗦地蜷在黑暗中,睁着眼睛熬到第二天清晨。借着窗户边的微光鼓足勇气朝着那团东西瞄了一眼,嗐——居然是只半大的黄猫。外面天寒地冻,它大概冷得受不了了,才从厨房的灶洞顶摸进来取暖的。

真是虚惊一场。

年四奶奶轻轻地抖了抖被子,黄猫不慌不忙地伸了个腰,这才扭过脖子,眼睛滴溜溜的,冲着她大大方方地"喵"了一声,一点也不认生的样子。

乡下有句流传甚广的俗语:"猪来穷,狗来富,猫来开当铺。"猫来了,是吉事。年四奶奶忍不住笑了。

年四奶奶对黄猫很好。农村人家养猫养狗的不在少数,猫狗的食盆里多半是些狼藉的剩饭剩菜。年四奶奶的黄猫可不是吃剩饭剩菜的命。饭菜搬上了桌,它也跳到了桌角,歪着小脑袋等年四奶奶喂它。年四奶奶一口,它一口。过年过节时的红烧肉、红烧鱼,它吃得比年四奶奶还要多。平常日子,人的伙食净是些寡淡的面条薄粥，年四奶奶隔两三天就背着丈夫给黄猫加个鸡蛋。邻居来串门，看见年四奶奶正耐心地把香喷喷的煎蛋送到黄猫嘴里，一时间竟瞠目结舌。

不要说这种不值钱的土猫了，哪怕家里背书包的丫头和小子，除非头疼脑热不舒坦，需要安慰一番，正常情况下，断不可能这么随随便便地就享受到鸡蛋。庄户人家的鸡蛋都得一个个地攒着，有专门的蛋贩子定时来收购，卖蛋的几张钞票在口袋里不等到焐热，就要去代销店换回盐、糖、酱油、火柴之类的日用品。

邻居极为不解："年四奶奶，一只猫值得你这么待它吗？"

"它帮我看家嘞。"

"猫一天到晚困懒觉，看什么家？"

"有它在，老鼠不敢来。"

"哪家的猫不帮主人管着老鼠？这不就是它的本分嘛。"

"我的猫懂事。"

"有多懂事？再懂事，它也就是个四脚着地的牲畜。"

"它不是牲畜。它很聪明，愿意听我说的话，也明白我想的事。"

邻居不置可否，走出门之前，到底没忍住，又劝了一句："年四奶奶，猫不金贵，吃啥都能活，还是你自个儿的手要紧，鸡蛋攒起来，卖了钱去医院找个大夫瞧瞧，老这么着也不算事儿。"

年四奶奶的怪病不是一天两天了，她左手掌常年莫名其妙地疼、一层层地往下蜕皮，蜕得手掌苍白透明，像一件易碎的瓷器，似乎稍微一使劲儿，那只可怜巴巴的左手就会碎成一堆。疼倒还好，不是那种剧烈的、难挨的疼，只是一阵阵的涨、麻，犹如针扎。村里最擅长挑刺的志坚妈捏着一根绣花针翻来覆去地检查了她的手掌，却毫无结果。既然肉里没有刺戳进，别人自然爱莫能助。谁见了她那只古里古怪的左手都要劝她去医院看看。她笑笑，轻声轻气地回一声，不要紧。她每天就那样曲着左臂，白乎乎毛茸茸的手掌向上虚虚地摊开，用完好的右手照样洗衣做饭，喂鸡喂鸭，下地干活，帮黄猫挠痒痒。

有一天早上，年四奶奶找了屋后的兰儿妈借了二十块钱。她轻易不和别人开口，再加上手蜕皮实在严重，兰儿妈想也没想就爽快地拿给了她。没想到，年四奶奶借钱根本不是为了去医院看手，而是从上门的小贩手里买了些油渣，专门喂猫。

尽管油渣的价格不比新鲜猪肉，但还属于过日子的"奢侈品"，不可能大手笔地买。农忙季节，少预备一点，避着馋嘴的孩子藏在瓦罐里，男人在地里劳作辛苦，给他当下酒菜，越嚼越香。客人上门，没有肉和鱼，有油渣烧青菜、油渣炖豆腐、红烧油渣，都能撑得起门面。

年四奶奶用油渣喂猫——大家个个大摇其头。

这事也传到了丰年的耳朵里,他马着脸,从牙缝里挤出了三个字:神——经——病!

正月里,梁庄人有"伴饭"的习俗。伴饭就是亲戚朋友以及关系融洽的乡邻之间轮流请客。因为这年正月初八来伴饭的客人凑拢了一圆桌,丰年早早地忙开了,杀鸡杀鸭,买鱼买肉,灌了满壶的烧酒,还额外地炒了一袋瓜子花生。往年的伴饭,丈夫都是甩手掌柜,由着年四奶奶忙前忙后,今年积极性居然这么高。年四奶奶想起自己刚结婚的一年家里伴饭的场景——那是七八年前了。

客人如约而至,十二个人围坐成一桌,有男有女。丰年又是斟酒,又是说笑,眉飞色舞。

年四奶奶一个人在厨房里炒菜,黄猫静静地趴在她的肩头。

堂屋里的人大概喝得兴起,嬉笑声一阵阵地涌进年四奶奶的耳朵里。她撩起围裙擦了擦脸,怅然若失。这时候,黄猫温柔地喵呜了一声,纵身跳下。

还剩最后一道菜没上桌。年四奶奶突然听到丰年在气急败坏地喊叫,她慌慌忙忙地跑了出去。吃饭的人全离了桌。原来是黄猫冲撞了其中一位衣着光鲜的女客,还把她的腮帮子挠出了几道深深的血印子,然后闪电般地逃之夭夭。

不怪丰年暴跳如雷,黄猫挠坏了脸的这女人住在隔壁村子,是他的相好。相好比年四奶奶年轻、俏,媚眼如丝,他的情意、心思、赚的钱早已用在了这个女人身上。远远近近的人,没几个不清楚他俩的关系。

丰年的风流事,年四奶奶知不知道呢?

要是她知道的话,她还能不哭不闹,笑脸迎客?

还有,那一桌子的人中又不止一个女客。从不伤人的黄猫怎么就偏偏瞅准了她,挠了她的脸呢?

唔,奇怪了。

鲫鱼

黄朝奉家住在冒园小学旁边。

冒园小学坐北向南，面积不算大，但方圆十来里内几个村庄的小孩子都要来这儿上学。一到五年级，每个年级两个班，每个班二十来个学生。走进两扇刷着银色油漆的大格栅门，一年级到三年级的教室在第一排，左右各三间红砖瓦房，中间一条六七米宽的通道。顺着通道向后走，学校的主体结构一目了然。西北角落的卫生间掩映在一行粗壮茂盛的银杏树下，操场中央有一座离地面约半米高的升旗台，台上矗立着高高的国旗杆，旗杆顶端挂一面崭新的五星红旗。东边围墙脚下是宽宽的一溜儿被细密的麦冬草围住了的小花圃——花圃中的美人蕉、鸡冠花、月季、一丈红、凤仙花、万年青、芍药和桂花错落有致。它们在不同的季节次第开放，为简洁朴素的校园增添了几多颜色。

后排拢共七间房子。

西首第一间是宿舍，实际上，宿舍并没有真正住过人，那张涂成黄色的单人木床也一直空着。

东首第一间是厨房。厨房里的陈设简单，一张桌子，一口碗柜，十只热水瓶，独眼大灶上架着一口十二印的铁锅。铁锅一年到头烧开水居多。老师们讲课离不开茶水润喉。星期一到星期六，第一个出现在冒园小学校园里的总是个子矮矮、戴着黑框眼镜的张校长。张校长到校后的第一件事就是钻进厨房生火烧开水，把十只热水瓶全部灌满，靠墙排列整齐。没有特殊情况，学校的厨房从不开伙。全校师生的家都散在周边村庄，中午放学，学生们一窝蜂地冲出校门，在村路你追我赶。老师们则以自行车代步，统统归家吃饭。

四年级、五年级各占据两间教室。最中间的也是面积最大的一间，是老师们公用的办公室。学校里的老师个个是多面手，语文、数学、音乐、美术、自然、体育，随便哪一门课，他们都会教，而且都教得很认真、很好。上午还站在二年级讲台前的老师，下午说不定就带着四年级的学生上体育课了：做广播操、跑步、立定跳远……

办公室朝南的墙上挂着一只奶白色的圆形石英钟。每天傍晚，最后一个离开办公室的老师一定不忘取下石英钟，咔嗒咔嗒地拧足发条，顺手再挂回去。第二天清早，张校长来了，照旧要饱饱地给它上一通发条。办公室的屋檐下悬着一只黄铜的大铃铛，铃铛中心飘下一根墨绿色的尼龙绳。上午，除去早读，有四节课；下午，三节课之后有个短短的自修。一节课的时长是四十五分钟，学校没有专门打铃的人，未排得上课程的老师坐在办公室里备课，不时仰起脖子瞧瞧墙壁上的石英钟。看到该下课了，他赶紧放下手中的笔，起身迈出办公室，几步走到铜铃铛下面，伸手揪住那根尼龙绳子，用力地甩动几下：铛、铛、铛……

铜铃铛的声浑厚悠长、余音袅袅。接着，穿得花花绿绿的孩子们就从各自的教室里拥了出来，羊群似的散向校园的各个角落，有去卫生间的，也有丢沙包的、踢毽子的、抓螺蛳壳的、挨着讲悄悄话的、追逐嬉戏的、趴在花圃边上观察小蚂蚁觅食的。

课间休息时间仅十五分钟，照例是一串"铛铛铛"的提示。朱洪武扫地——各登原位。之前还人声鼎沸的操场顿时空荡荡了，只有整齐划一的朗读声从某间教室里飘出来，水一样地溢出学校矮矮的围墙，流进正在家中干活的黄朝奉耳朵里。

紧靠着冒园小学左侧围墙边上的前后两排青砖瓦屋就是黄朝奉的家。

黄家的人很少，一共四个。黄朝奉的父亲在乡里的"小猪栏"（统一买卖猪仔的场所）当现金会计，固定的交易日去上班，不上班时则在家务农以及来料加工脆饼。

脆饼是此处的一种零食，做法不复杂。定量（十斤或二十斤）的面粉按照配比添加红（白）糖、大豆油、鸡蛋，揉搓成一整块大面团后适温发酵几个小时，再把松软光滑的面团均匀分割成巴掌大小的面剂子，用擀面锤反复施力于面剂子，将它们挤压结实，折叠成长十五厘米、宽十厘米、厚一厘米左右的面饼。定了形的面饼整整齐齐地贴在木炭烤炉的四壁。微火烤至饼面焦黄，就算大功告成。出了炉的脆饼摊开凉透，装进不透气的塑料袋里保存，能几个月不变质。收收种种的农忙季节，农人们在地里从早到晚地耗费气力，容易饿得眼冒金星，备两只又香又甜的脆饼充充饥，顶好不过。

脆饼不仅可以作为干粮，还能在送给产妇的"月子礼"中占一席之位。乡下人的"月子礼"很实惠，两瓶麦乳精、两斤红糖、二十只鸡蛋、四十只脆饼。为了保证产妇有充足的奶水，一日三餐之外还要另外加餐，滚烫的红糖蛋茶泡脆饼，方便营养。

加工一炉（五十只）脆饼的工钱是五块。黄朝奉的父亲是主力，黄朝奉的母亲料理完七七八八的家务就来搭把手，只要有上门的生意，两个人下午半天能合作两炉。村西代销点的火柴五分一盒，糯米陈酒一块七一瓶，三天两头有十块钱稳稳地收进口袋里，还是挺让人高兴的。

黄朝奉有个大他两岁的姐姐，在十五公里外的双河镇读高中。路远,高中的功课又紧张,姐姐一个月才回来一趟。姐姐用功,学习成绩通常在班级前三名,父母亲担心学校食堂的油水不足,女儿下晚自修后要挨饿,每隔十天就让黄朝奉去双河镇高中给姐姐送点吃的:煮鸡蛋、炒花生、脆饼、油炸馒头片,气温不高时,还有一蓝花碗扎扎实实的咸菜干煮肉。黄朝奉吃罢早饭后骑脚踏车出发,一路不疾不徐,到双河高中时正好上午课结束,托了传达室的老师傅把姐姐叫出来拿好一应东西,再慢悠悠地返回。

初中毕业后,黄朝奉没有继续升学。他当然晓得读书的重要性,唯有读书,才能跳出农门嘛,可他属于无论怎么努力也不出成绩的一类学生。别人小升初五年,他六年——父亲怕他跟不上初中的课业,给张校长的老婆义务加工了三炉脆饼,换他在五年级的教室多坐了一年。

就那么一年,他有了第二个绰号:留级佬。

黄朝奉的第一个绰号叫"喜喜儿",这绰号是三年级时同班同学胡刘妹率先叫开的。

喜喜儿是个什么东西呢?

是蜘蛛。当地人把蜘蛛叫作喜喜儿。

为什么胡刘妹给黄朝奉取这么一个绰号呢?

这中间别有一番深意。

黄朝奉幼时走路异于常人,两只脚尖向内,脚后跟撇开,呈明显的八字形，医学上把这种步态称为"内八字脚"。乡下人嫌这名字拗口，直接说成"八脚"。黄朝奉是八脚，喜喜儿有八只脚，这么一来，二者之间似乎就有了共性。别看胡刘妹个子矮矮的，鬼点子却不少，眼珠子一转一个主意。"喜喜儿"自她脱口而出后，就像牛皮糖那样牢牢地黏上了黄朝奉，甩也甩不掉。冒园小学的同学到了乡里的初中，有的还和黄朝奉分在同一个班级，旧同学的嘴巴不严实，说话大大咧咧，没过几天，"喜喜儿"三个字又在新的环境下传开了。

三年初中，黄朝奉最抗拒的就是体育课。体育老师刚刚从体校分配过来，年轻、富有朝气、干劲儿十足。体育课的热身运动往往是围着大操场跑三圈。三圈将近一千米，这对其他同学来说真不算什么，但黄朝奉的内八字脚跑步绝对够呛。往往别的同学早在树荫下休息了，他才磕磕绊绊地跑了半数。

那个时刻，不管有多难堪，他啪嗒啪嗒的脚步声和摇摇晃晃的身影都一丝不差地落在全班同学的耳里、眼里。

中考结束，黄朝奉把书包往厢房的角落里一撂，说什么都不愿意继续往上读了。好歹有个出色的女儿衬着，黄朝奉的父母生了几天闷气，又想通了。牛不喝水强按头，费力不讨好。既然儿子的心思不在学业上，就是拿刀架在他的脖子上，也是白搭。老话讲："灾荒年饿不死手艺人。"男孩子只要勤俭肯吃苦，有一技傍身，将来的日子未必会差到哪里去。

师傅现成的,就在家里坐着。黄朝奉心甘情愿地系上围裙做了父亲的徒弟,学做脆饼。做手艺,练的不过是个手熟,熟能生巧。渐渐地,母亲竟不用来案板前帮忙了,黄朝奉一个人就能轻轻松松地干完两个人的活计。过了两三个月,黄朝奉和父亲商量,说要在家门口开烧饼店。烤炉有,工具有,做烧饼和做脆饼的区别不大,技术上没有问题。这是其一。其二,附近几个村庄都没有烧饼店,村民们要吃烧饼还得赶十来里路去乡里的集市。只要烘烧饼的葱香味儿一飘出去,再加上来做脆饼的人口口相传,不愁没人知道有了家新开张的烧饼店。况且,黄家与冒园小学毗邻,即便村民们自个儿不舍得花钱买烧饼,总不忍心小孩子瞅着烧饼流口水吧。

一毛二一只的烧饼,酥松香脆,上半年是小葱猪油馅或韭菜猪油馅,天气转凉后就变成了萝卜丝猪油馅和荠菜猪油馅。黄朝奉的预想是对的,烧饼店甫一开张,光是近在咫尺的冒园小学师生的生意,就够他忙的了。来买烧饼的孩子都叫黄朝奉"哥哥",曾经教过他的小学老师亲亲热热地喊他一声"朝奉",上门加工脆饼的则客客气气地称呼他"小师傅"。

"喜喜儿"三个字几乎被黄朝奉忘记了。

加工脆饼有旺季淡季。淡季时,黄朝奉忙完上午的烧饼炉子,下午就是自由支配的闲暇时间。他虽然才脱下了初中的校服,身上却少了青春少年该有的莽撞与天真。取而代之的,是与他这个年龄不太相符的沉默老成。他的身高不足一米七,四方圆脸,眉毛浓浓的,眼睛不大,但睫毛长而密。他的话很少,也没见他有走得很近的朋友。

除了干活,黄朝奉最喜欢两件事:吹口琴和钓鱼。他有一只国光牌口琴。口琴是从乡供销社买来的,说明书里有详细的教程和简谱,多看几遍,不难吹出像模像样的曲子。黄家的两排瓦屋中间有一个长方形的天井,前排的三间依次是黄朝奉父母的睡房、烧(脆)饼铺子、厨房。黄朝奉睡在后面一排瓦屋的西边一间。屋后有一片竹林,竹林下是一条清澈的河流。黄朝奉不干活时就去竹林边吹吹口琴,吹《友谊地久天长》《雪绒花》《送别》和《南泥湾》。他眯着眼睛,忘情地吹呀吹,肩膀随着乐曲的节奏微微耸动。风摇动竹枝,竹叶沙沙作响,一群麻雀欢快地从河对岸飞了过来,棋子一样落在竹枝上,歪着小脑袋,一反常态地收起叽叽喳喳,像是也陶醉在黄朝奉优美的独奏里。

黄朝奉的钓鱼竿是自己亲手做的,用缝衣针烧红拗出的鱼钩,一小节一小节呈米粒状的浮子是人白鹅的毛羽。他不怎么爱吃鱼,但很喜欢钓鱼,尤其是钓鲫鱼。钓鱼讲究风向,"天刮西南风,气死老渔翁",西风、南风,都不太适合下竿。春季,鲫鱼上来晒影,几捧香喷喷的烧饼屑子打窝引来鱼群,红蚯蚓做饵,收获还是大大的。

做烧饼、加工脆饼、去竹林边吹口琴、钓鱼、给姐姐送吃食，这是黄朝奉常做的几件事。

有一天午后，黄朝奉在天井里劈柴，围墙的另一边忽然响起了一阵阵欢快的笑声。在好奇心的驱使之下，他凑到学校围墙上的一只拳头大的破洞前向操场上窥探了几眼。原来是低年级的小朋友在上体育课，一个扎着马尾辫、穿着红毛衣的女老师正带领着学生玩老鹰抓小鸡的游戏。

这个游戏黄朝奉在冒园小学读书时也玩过，老师总把他安排在队伍的最后面吊尾巴。他的步伐不灵活，跑又跑不快，还没等他回过神来，就已经被"老鹰"一把抓住了，所以，黄朝奉一直认为这个游戏不好玩，想不通那些孩子为什么会笑得那么大声。还有那个当"母鸡"的女老师，他听到学生喊她肖老师，二十出头的样子，是没有见过的一张陌生面孔，笑得那么灿烂，大概是新来的吧。

几天后的一个早晨，肖老师领了一个黑瘦的孩子来买烧饼。黄朝奉闷着脑袋干活，耳朵却不由自主地竖着，听母亲热情地和肖老师说话。

那个瘦巴巴的孩子是冒园小学南边村子里的，天生兔唇，家里出了名的穷，父亲早逝，母亲扔下他改嫁了他乡。他和年迈的爷爷奶奶一起过，饱一餐饥一餐的，个子明显矮于同龄人。他常常赶早来"视察"一圈黄朝奉家的烧饼摊，远远地站着，手指含在嘴里，一条浑浊的黄龙鼻涕被他吸溜得神出鬼没，眼睛晶晶亮。四下无人时，黄朝奉不忍心他老是呆呆地杵着，招招手，示意他上前来拿一只烧饼。

碗口大的一只葱油烧饼，他没几口就吞下了肚。

肖老师果然是新来的实习老师，名字叫肖茹。自打她来冒园小学后，兔唇的男孩就不来黄朝奉家"视察"了。肖老师来买烧饼，总是买两个。肖老师不来，就让兔唇的小男孩拿着钱来，也买两个。那两个烧饼，黄朝奉做得极为用心，多放了葱花、猪油，饼面上多撒了一半的芝麻。

兔唇的小男孩不叫肖茹"肖老师"，而是叫"茹老师"。

黄朝奉也觉得，"茹老师"要比"肖老师"好听。

原先，无论围墙那边的校园里多闹腾，黄朝奉都不关心。现在，只要听到体育课的口哨声，他就要放下手中正在做的事去墙洞边看看。如果是茹老师的体育课，他正好能劈一堆柴。晚上，黄朝奉去竹林边吹口琴，无意间发现冒园小学那间闲置的宿舍亮起了灯。

茹老师的家在双河镇，来来去去很不方便，张校长就安排茹老师住在学校。

月色如水，黄朝奉对着漫天的星子吹起口琴，吹的是新学的《茉莉花》。露水落下来了，肩膀上湿湿的。他想，茹老师真是个好女孩，美丽、善良。他吹了一遍又一遍，一边吹，一边想：不知道宿舍里的茹老师能不能听到自己的口琴声。

星期一到星期五，茹老师都住校。星期六下午，张校长不排她的课，她就早早推着自行车出校门了。

天黑下来后，黄朝奉穿过竹林，从冒园小学西边的围墙上跳进去。空无一人的校园里，黄朝奉走上升旗台，想象着自己重新回到了童年，正站在旗杆下仰望国旗。他跳上花圃窄窄的水泥台子，从南踱到北，再从北踱到南，假装脚底下是一座独木桥。他甚至还壮起胆子去扯了一下铜铃铛，不过是轻轻的一小下，就把他吓得东张西望，好像张校长随时都会从校外冲进来拧住他的耳朵似的。

茹老师的宿舍门上着锁，里面黑黑的，什么也看不见。

黄朝奉翻出校园之前，都会在茹老师的窗台上留下点东西。有时候是一把大白兔奶糖，有时候是两只"一线红"的桃子，有时候是一牛皮纸信封的炒豆子，有时候是一只黄澄澄的、只能闻香味儿的香橼。临近立夏，是一小把养在墨水瓶里的、含苞欲放的木香花。

茹老师星期天的傍晚来学校，一眼就看到了窗台上的那些东西。她很高兴，也很感动。她刚刚从师范学校毕业，一年的实习期。她想，冒园小学的孩子们也太可爱了，每个星期都精心地给老师准备了小礼物。

茹老师的心里暖暖的，她的笑容更真诚了，备课、上课更认真了。

时间过得飞快，转眼间，茹老师的实习期就结束了，学校师生举行了隆重的欢送仪式。那天，黄朝奉好巧不巧要去双河高中给姐姐送吃食。茹老师的行李有点多，自行车后座绑得满满的，还多出了一个大包。

黄朝奉帮茹老师捎了那个大包，一直送到茹老师家大门口。茹老师客气地邀请他去屋里喝口水，尽管他很想到院子里去看看，但还是腼腆地摆摆手。

两百多个师生的冒园小学还是那么生气勃勃。偶尔，黄朝奉在听到体育课的口哨声时会发一会儿愣。学生还是那些学生，操场还是那个操场。然而，没有了茹老师，操场上一下子就少了很多东西。

黄朝奉特别喜欢在月光下吹口琴，吹来吹去的，都是一首《茉莉花》。

腊月二十三，双河高中终于放寒假了，父亲让黄朝奉去接姐姐回家。那天早上，黄朝奉天蒙蒙亮就起床了。前一天，他在屋后的河里钓到了八条半斤重的大鲫鱼，用塑料桶养着，打算带去双河镇送给茹老师。

出了家门，黄朝奉七七八八思量了一路：自己身上的这一套夹克衫是否得体？见了茹老师，第一句话说什么为佳呢？要不要告诉茹老师，那个兔唇的男孩已经做过了一次唇部修复手术？如果茹老师问起学校里的现状，他应该先从哪里说起？关键是桶里的这几条鲫鱼，怎样才能大大方方地送出去？这么说吧——快过年了，我在河里钓了很多鱼，顺便给茹老师家带了一些。或者这么说吧，茹老师，好久没见你了，今天我来学校接姐姐，所以就来看看你，你还好吗？

在茹老师家院门外站定后，黄朝奉的心里虚虚的。他按捺住胸中的慌乱，鼓足了勇气去敲门，一下、两下、三下，院子里没有响起期望中的脚步声，院子里的狗却激烈地嘶吼起来。有个抱着孩子的大婶从隔壁大门里探出头，问黄朝奉："你找谁？"

黄朝奉红着脸，小声地应了一句："我找茹老师。"

"茹老师？哪个茹老师？"

"哦，是肖茹老师。"

"肖茹一家走亲戚去了，明天才回转。"

狗凶狠的吠声塞满了耳朵。黄朝奉悄悄地吐了一口长气，分不清是庆幸，还是失落。他调转车头，逃也似的骑到双河高中的传达室，把湿漉漉的水桶递给了传达室的老师傅。他说，大爷，老是麻烦您跑腿，快过年了，给您带了几条鱼。

接了姐姐回家，父亲已经和好了村民送来加工脆饼的二十斤面粉。母亲在灶台上炒着香喷喷的萝卜肉片，说是要好好地犒劳一下辛苦读书的女儿。黄朝奉脱下崭新的夹克衫，换上沾满面粉的蓝大褂，在父亲对面坐下，开始擀面团。这样的活儿他做过数千遍了，就是闭着眼睛也能擀得漂漂亮亮，可这会儿，他的擀面锤子似乎老是落错地方。

父亲狐疑地看了儿子一眼，问："朝奉，你怎么了？路上受凉了？"

"没有，没有。"黄朝奉忙不迭地应了两声，揉了揉眼睛，用力地擀起面团来。擀面的木锤子一下一下地敲在木案板上：叮、咣，叮、咣，叮叮咣……

飞儿

和尚念一场经会有一个中场休息。飞儿趁着其余的人打盹、喝茶的当儿,跑进主家的厨房里取了一只蓝花碗出来,从内袋里掏出一个比火柴盒子大一些的纸包。

纸包里包着的是磨得碎碎的、颜色暧昧不清的粉末。飞儿把粉末抖进碗里,加了点温开水搅拌了几下,拧着眉头,咕嘟咕嘟地喝了下去。

有人很好奇,问他喝的是什么东西。

飞儿擦擦嘴角的浮沫,说:"药呗。"

"治哪里的药?"

"肝不好。"飞儿笑眯眯地说,毫不在意的样子。

飞儿二十岁,皮肤白净,个子高高的。笑起来,一双月牙儿似的眼睛像盛着闪光的星星,睫毛又密又翘。这样的如花少年,要是白衣蓝裤地站在大学的校园里,该是多么引人注目。但是,他身上穿的是黄色的僧袍,挤在一队和尚的中间。

那一队和尚年纪大的有六七十岁，年纪轻一些的也有四五十岁。高的高，矮的矮，胖的胖，瘦的瘦，暗淡、油腻、满是褶子的僧袍连带着把人也衬得皱巴巴的。不像飞儿，戴上僧帽，披上袈裟，活脱脱的一个小唐僧。

村子里的几个大姑娘说是来看法事的，眼睛却蜻蜓似的围着飞儿点来点去。

平原上的和尚不住庙，不出家，甚至不烫戒疤。他们剃了光头，但照样娶妻生子，抽烟喝酒，得空了还能打打小牌。人们都习惯这样的和尚，并不觉得他们有违清规。和尚骑着自行车去人家里念经做道场，穿的是平常的衣服（中山装或夹克衫），自行车的后座上夹着一只黑色的人造革包，包里是他们的行头。和尚还是要有真本事的：写毛笔字、吹笛子、打鼓、敲锣、拉二胡。规模小的法事，几个和尚简单地吟唱敲打一番，半天的时间足够了；排场大的，十来个和尚坐在两三张拼接在一起的八仙桌边呜里哇啦地念经，吹吹打打，白天连着黑夜，抑扬顿挫的唱诵声传出去好远。

和尚挣钱不少，也没有赊账的规矩，都是当天拿了现钱走人。可是，在乡下，愿意做和尚的孩子却很少。初中毕业的小男孩，嘴唇上的绒毛刚起，敏感而骄傲，剃了个青昂昂的光头，跟在和尚师父的后面四处赶场子，一不留神就碰到了原来的同学——说不定还是自己悄悄喜欢过的女生，那滋味能好受吗？

有的孩子勉强学了个头，就再不愿意继续下去了。

和尚也不是随便能做的，要入行得先拜师，托熟人去老和尚那里递个话，交一笔学徒费。严格的，还要当着中间人的面写好一张"契约"，规规矩矩地行跪地磕头的"拜师礼"。和尚的学徒期是三年，每年的端午、中秋和春节，徒弟必须去师父家送四样头的"节礼"：肉、鱼、烟、酒。麦子或稻子成熟了的农忙季节，徒弟哪怕自己家的活儿干不了，也得先去师父家帮忙。

学徒不是件容易的事儿。

飞儿已经学满了两年。给飞儿看病的郎中要飞儿别熬夜，肝不好，休息顶重要，夜里卧倒在床，血才能返回肝脏里去解毒。飞儿说，和尚赚的就是熬夜的钱，这家熬完了，那家马上接上来了，几乎是连轴转的。而且学徒的也不能不听师父的话。停下来不做了，前面的两年不是白白浪费了吗？

爸爸中风在床，半个身子动弹不了。妈妈体弱多病，有哮喘，常年不离药罐子。飞儿是独子。爸爸妈妈从没有问过飞儿愿不愿意做和尚，飞儿也从没有和爸爸妈妈说过做和尚的不好。一家人都盼望着时间能过得快一点，三年的学徒期一满，飞儿就能从师父的手里领一份工钱了。

飞儿总是感觉很累，腿灌了铅似的沉，时时刻刻想靠着墙闭一会儿眼睛。他的脸色一天天地萎黄，额头上冒出大颗大颗紫红色的痘痘。郎中配的药他一天不落地喝。他想，只要坚持喝药，身体总会慢慢好起来的。

村里最富的炕房老板的娘过世，连做了三天三夜的水陆道场，和尚们的眼睛都熬得红红的。飞儿终究没能扛到最后——他大口大口地吐着黑血，晕倒在地。众人七手八脚地把昏迷的飞儿抬上了拖拉机，送到乡里的医院抢救。

那一天，离飞儿满师还有二十八天。飞儿拎着他的包跨出家门时，还回头冲妈妈笑了笑，说了一句："妈，你等着啊，我下个月——就能往家里拿钱了。"

抑郁症

清晨的河埠头上蹲着八个正在洗衣服的人。七个是女人，只有翁齐华是个大老爷们儿。

在乡间，扎在女人堆里洗衣服的男人，少有。一来，普通家庭往往是男主外，女主内。男人着重干体力活儿，比较轻便的洗洗涮涮一般都属于女人的分内事。哪怕眼下的女人同样要出门赚工资，洗衣服也是"理所当然"。二来，"男人洗老婆的衣服会没出息"的老思想作祟，男人在乎面子，生怕被外人嘲笑。即使事出有因（比如女人生病或行动不便），有些男人真心体贴老婆，想搭把手，他们宁可悄摸摸地窝在院子里的井台上洗衣服，也决不愿意端着盆子跑到大庭广众之下来亮相。不过，看看翁齐华一套流畅娴熟的刷洗动作，以及女人们习以为常的表情，想必翁齐华洗衣服这件事由来已久了。

翁齐华本不是这里的人。准确地说，他虽然在这个村有正当的身份，但和村里的其他男人有点区别。他是个"倒插门"。

倒插门又称上门女婿,这种女"娶"男的婚姻模式自古流传至今。其原因是:女方家庭没有男丁。在守旧的思想里,这意味着后继无人,断了"香火";更难听的说法,叫"绝户头"。因早前社会条件有限,女儿嫁出门后,膝下无子的老父母将无人赡养,于是为了能传宗接代,老有所依,就给女儿招来一个丈夫——男方到女方家里生活,有了小孩子随母姓,丈人丈母娘等于变相地多了个异姓的儿子。

按说,男人还是"倒插门"省事,既不需要父母亲花费一笔不菲的彩礼,还能有个现成的"安乐窝"。然而,乡间的男子但凡有点心气和办法的,决计不肯去做上门女婿。

人在屋檐下,不得不低头——上门女婿不易做。且在妻子家那一拨的亲戚眼中,上门女婿地位也拔不上去。只有实在困顿窘迫、儿子又生得多的人家才会像嫁女儿一样,选个不出挑的送出门去成亲,权当无奈的父母对儿子终身大事的交代。

翁齐华大致就是这么一个情况。他娘家三间摇摇晃晃的破瓦房,父亲除了埋着头土里刨食,别无长技。母亲患有顽固性哮喘,三天两头打针吃药,两条腿一按一个深坑,秋冬两季,长期坐在朝南的墙根儿下晒太阳,劳动力几乎为零。他们家兄弟四个,老大天生高度近视,离开了眼镜和瞎子差不多,四十岁了还打着光棍。老二学了木匠,跟着建筑队的包工头去江南打工,已经是三十出头的大龄青年了,月老的红线却总扯不上他。老三是个篾匠，手艺出挑样貌好，能说会道，外出干活时迷住了主家的大姑娘，生米煮成熟饭，大姑娘跟着老三来了个黑夜私奔。翁家托了三儿子的福，好歹有了一房媳妇。翁齐华是老幺，文文弱弱，肩不能挑担，手不能提篮，初中毕业后经熟人介绍，在乡粮管所的食堂里打打杂，骑着脚踏车上班下班好几年，一晃就到了该成家的年龄。

翁家、翁齐华的实际条件摊在那儿，他想娶个妻，难！正如此，季淑芬的父亲季远达托了媒人到翁齐华的娘面前稍微探了探口风，当年的腊月，翁齐华就成了季家的上门女婿。

季家的人口不复杂：季远达、季远达的老婆梁满梅，以及大女儿季淑芬、小儿女季月芬。其实，季远达夫妇当初还有个三女儿，可惜在四岁时不慎掉进池塘里淹死了。梁满梅为此悲痛欲绝，神情恍惚，久久走不出失去小女儿的梦魇。季远达生怕妻子有个三长两短，硬生生把"再生一个儿子"的想法压在了心底。

季远达不是重男轻女的老古董，况且，季家的两个姑娘丝毫不比前后邻居家的儿子逊色。小女儿季月芬自幼爱读书，小学和初中年年代表学校去县里参加作文比赛，次次能捧回红彤彤的奖状、金灿灿的奖杯。高考时发挥出色，考上南方一所知名大学，选择了法律专业，毕业后不愁没有好工作。大女儿季淑芬的学业虽然抵不上妹妹的三分之一，但她的长处在于能吃苦、有闯劲儿。她初中一毕业就去了乡里公私合营的苗圃干活，修剪、整枝、培植草皮，倘是苗圃承接了庭院厂房的大宗绿化业务，会熟练讲普通话的她是当仁不让的外派员。

南来北往的数趟历练下来，聪明的季淑芬居然嗅出了园艺业的另一个商机——草绳。小型的花花草草远送，没什么讲究。大型的景观树，比如冬青、月桂、香橼或银杏树等等，为了确保异地的成活率，挖出地面时一定要用草绳牢牢地缠住根部的那一大团泥土。

季淑芬人生的第一桶金就是从草绳上赚得的。她先是跳过批发商辗转找到北方一家加工草绳的厂家，直接做中间商，四处去联系大小花木老板，供应给他们低于市场价的草绳。她的脑子转得快，过了没几个月，她又觉得与其给别人搭桥，不如自己直接铺路，办草绳厂。

尽管季远达对大女儿风风火火说干就干的风格颇有微词，但还是掏出了全部的积蓄助力季淑芬创业。院子一侧朝东的四间红砖瓦房拾掇了一下，权当厂房。四部山东临沂产的草绳机械挨着墙放好，又招了村里几个手脚利索的中年妇女简单培训了一星期。随着草绳机的嗡嗡声响起，"淑芬草绳厂"的名气慢慢地传开了。

季远达眼见大女儿的事业有了起色，自然而然地为她筹划起了婚姻大事。他和季淑芬开门见山："淑芬啊，月芬在城市里落了脚,把她叫回来安家肯定行不通了。你妈妈和我这辈子也没能生个儿子,你是家里的老大,我们就把你当儿子靠了。你要有看得上的、合适的,就领上门来。"

"看得上"和"合适的",在于季淑芬。最重要的,还是"领上门"。——这一条,季远达不接受反驳。在农村长大的季淑芬,也没有理由反驳。

季淑芬和翁齐华领结婚证的那年二十八岁,翁齐华是二十五岁。

媒婆坐在首席上喝了个半醉,喜滋滋地说着和词儿:"妻大三,抱金砖。"季远达笑得合不拢嘴。翁齐华是他选中的,他没有理由不高兴。

翁齐华穿着崭新的中山装,三七开的头发乌黑发亮,眉清目秀,一脸的孩子气,发喜糖、敬长辈的喜酒时,总要先拿眼睛瞄瞄季淑芬,说话轻声轻语。

还是季淑芬放得开,她个子矮、胖,中气足,嗓门儿大,白酒黄酒都接得住。

婚后的日子安安稳稳。季淑芬的草绳厂又增加了两台机器,扩招了几个人。翁齐华还在粮管所的食堂上班,下班后就撸起袖子钻进草绳厂里帮忙,近处的地方要送货,量不大的话,都是他用双轮拉车拖过去。他的性子软,服从"调遣",丈人、丈母娘吩咐的事情,他无论如何都会尽心办妥。草绳厂给工人提供一顿免费的午餐,季远达夫妇负责烧烧煮煮,梁满梅的腰椎不好,弯腰不甚方便,翁齐华赶在早上去粮管所上班前就把工人们当天中午要吃的菜洗干净了。

婚后第三年,季淑芬开了怀,生了个八斤半的大胖儿子,翁齐华承包了月子里的所有洗洗涮涮。

村里的黄家大嫂子说翁齐华洗毛头娃娃的尿布也好,洗季淑芬的内衣也好,特别、特别细心,用上海牌硫磺香皂擦两遍,汰好,拧干了水,还得凑到鼻尖前闻一闻,是不是还有味儿?展开来看一看,有没有洗干净?

翁齐华的父母亲得知媳妇生产的消息后,万分欢喜,买了一大堆东西,拎着一只八斤重的大公鸡来看望孙子。翁齐华的意思是,等季淑芬满月了,也带着孩子去他父母那边住几天。

季淑芬没吭声。

翁齐华没提第二次。那件事也就不显山不显水地算了。

孩子叫季康。

季康慢慢长大,进幼儿园,读了镇上的中心小学。翁齐华还是老模样,不哼不哈,中规中矩地上班,听着丈人、丈母娘的指挥,一心一意地做家务。季淑芬的心思却变了——她爱上了一位生意圈子里的业务员。

那个男人高高大大,国字脸,浓眉大眼,爱穿米色的中长风衣,骑一辆雅马哈摩托车,很是风流倜傥。男人有时来草绳厂拿货，一待就是半天，抽烟喝茶，架着二郎腿和季淑芬谈天说地。季淑芬素来是个大大咧咧不讲究的女人，那男人一来，她说话的腔调和走路的姿势都不由自主地变了，忸忸怩怩，眼睛里一片湖光山色。

季淑芬和那男人一起出差，挎着包，肩并肩走出门，雅马哈轰的一声响，两个人转眼就见不到影了。几天后，还是坐那个男人的摩托车后座回家。

翁齐华晚上给儿子检查作业、洗脸、洗脚、讲故事。

儿子和翁齐华亲是亲，但有了不如意的事，敢大胆地和爸爸放赖、撒泼。换成季淑芬，他就识趣很多，乖乖地听妈妈的教训。

厂里的工人们都看得出季淑芬和那个男人的关系不一般。

季远达夫妻，包括节假日回乡来探望父母的季月芬，也觉得季淑芬有点不知深浅了。

正月初五，草绳厂噼里啪啦地放了一长串鞭炮。季淑芬像往年一样，摆了一桌丰盛的酒席，请厂里的工人们吃开工饭。那个男人也来了，穿戴一新，提了两只礼盒，说是来给季伯伯拜年。

其余的人都上桌吃饭，只有季月芬噘着嘴巴留在厨房里，帮翁齐华烧火。

家里有客人，掌勺的次次是翁齐华。他在粮管所多年，学了一手好厨艺，扣肉、扣鸡做得不比乡间的土厨师逊色。

那天的饭吃到一半，季康不知怎的摔碎了一只碗。小孩子无意失手，本来不是什么大事，季康调皮，打破碗也不是一次两次了。但闻声从厨房里走出去的翁齐华怒不可遏，第一次大发雷霆，拎住季康的胳膊把他从椅子上拖下来，左右开弓扇季康的耳光。季康平日里就不怕爸爸，翁齐华一动手，他就呼天喊地求救起来，叫爷爷，叫妈妈，又尖着喉咙骂翁齐华"坏蛋"。

季远达端着个酒杯，撑着笑脸，没起身。

季淑芬头也不转，照常为那个男人斟酒、夹菜。

工人们纷纷借口吃饱了，匆匆忙忙地跑到外面去了。

季康被翁齐华踢倒在地，哇哇大哭，殷红的鼻血流了一地。

季月芬心疼地抱起小外甥，瞪了一眼季淑芬，只说了两个字："你呀——"

从那以后，季淑芬和翁齐华分房睡了。

翁齐华出门不声不响，干活不声不响，归家也是不声不响，很少有笑脸。

村里住在近处的几个年龄相仿的男人，原先喜欢凑在一起摸摸小牌，百儿八十块的输赢。翁齐华得了空，也乐意去碰碰运气。哪怕不打牌，纯听别人吹吹牛也行。现在，他一次也不去扎堆了。

本来翁齐华不喝酒、不抽烟。季远达有一天突然发现，女婿的嘴角竟叼着一支燃了半截子的香烟。

梁满梅在翁齐华洗好的一篮子青菜里取出了两只带着泥巴的大菜根，这是从来没有过的纰漏。

翁齐华还是去村外的河埠头上洗衣服。不过，有人看见他一边搓着衣服，一边掉眼泪。旁边的人靠过来和他搭话，他有时理会几句，有时充耳不闻。

阴天下雨，翁齐华出门晃荡，也不打伞，绷着一张脸，眼神直勾勾的，嘴巴里喃喃自语。

村人私下猜测，说翁齐华身上像是有了抑郁症的苗头。

季淑芬的草绳厂越办越红火，新买来的机器没地方归置，她起了翻盖厂房的念头。老房子不动，旧的红砖瓦房拆掉，盖三层，一楼、二楼做厂房，三楼住人。

乡村小企业有政策扶持，队里的书记和村主任二话不说就批下了。不料旧房子推倒后，西边邻居不干了，跳出来阻挠季家挖楼房地基。

挖土机费用昂贵，不管干不干活，从进院子起开始计时，一小时二百元。季远达大为光火，叉着腰和西邻论理："我在自己家院子里盖房子，碍着你们家什么事了，难道还要得到你的同意？"

西邻不甘示弱，说季家如果造三层楼，势必要影响他家正屋的采光。太阳光是一户人家的风水，季家挡了他家的阳光就是抢了他家的好风水,他绝对不同意。

队长和书记到场了也无济于事,祖祖辈辈住在一个村子里的人,低头不见抬头见,身上都是理不清甩不开的熟人关系,得罪哪个也不占便宜。

季家的房子拆掉了,草绳厂成了问题。季淑芬和村小学的校长打了招呼,借学校后墙边上的三间闲置的旧教室暂时周转一下。没几天,有家长提出抗议,说草绳机有噪声,影响学生上课。

院子里拆得一片狼藉,邻居一天不让步,一天建不了新楼房。季远达郁闷极了,但又没有办法。邻居家有三个膀大腰圆的儿子,一个是杀猪的,一个是做烧饼的,一个是集市上修鞋的,都不是多上档次的人——可吵架也根本不用谈什么档次,只要气势够就行了。

季家的女儿在外有派头,人家全客客气气尊称一声"季厂长"。临到摇旗呐喊的要紧关头,女儿还是不如儿子得用!

还有三棍子打不出一个闷屁的翁齐华,究竟是个外姓人啊!

傍晚,翁齐华下班到家,恭恭敬敬地叫了季远达一声:"爸爸。"

季远达正堵心堵肺着,假装没听见,翻了个大白眼,鼻子里哼了一声,拍拍屁股进了屋。

刚巧从屋里出来的季淑芬见此情景,冷笑一声,高声说:

227

"爸爸,你就别痴心妄想了吧,别人家的儿子是你的半子,半子也当不成你的真儿子,有什么用!"

第二天一大早,第一个去河埠头洗衣服的女人吓得大叫起来。

河里浮起了一个人,是翁齐华。

他是抱着必死的决心跳下去的,两只脚用麻绳紧紧捆在一起。常穿的那件中山装叠得整整齐齐的,放在河埠头上头的水泥凳上。左上侧口袋里塞着一封遗书,遗书上写道:因为西边邻居无理取闹,导致季家的房子始终不能建造,他作为季家的男主人为此夜不能寐,气不过之下才赴死云云……

有了这封白纸黑字的遗书为证,翁齐华就成了一个活活被逼死的受害者。不管矛盾多大,总是逝者为大。一时间,季淑芬家的事成了全乡的焦点,乡里的一把手亲自过问,及时协调。

西邻赔偿了季家五万块。

翁齐华的丧事办得格外隆重、体面。大家都说,季家对得住这个"半子"了!

季淑芬家的厂房很快开工重建,不到半年的工夫,就顺利竣工了。

新房子装修一新,置办了全套的新家具,季远达一家挑了个吉日搬了进去。

老房子里的柜子、桌子之类的旧东西基本没动,还有一些建房时多出来的材料也堆在里面。推开门朝里一望,像个大杂物间。

镶着翁齐华照片的相框就挂在堂屋中央的一堵墙上。时间一长,相框上落满了毛茸茸的一层灰。

裘麻子

裘麻子并不真是满头满脸的大麻子,他只麻了鼻子那一小块——一簇黄豆大小的浅坑,是出天花落下的疤。

裘麻子本名裘昌进。小时候,村里年纪相仿的孩子爱成群结队地去撒欢。一大堆孩子中,别人玩得再怎么疯,脸上都很光洁平坦,唯有裘昌进鼻梁周围麻子坑里的汗珠被太阳光照得亮闪闪的。他们弹弹珠、摔香烟壳子、拍糖纸、用叠起的硬币打响儿……裘昌进十有八九是赢家。他赢了,别的孩子辛辛苦苦攒起来的"宝货"自然成了他口袋中的战利品。

输掉的孩子心里能舒服吗?

既然耍赖反悔是不可能的,输家的一口闷气总要出出吧。"裘麻鼻子"就是在那种情况下诞生的。

乡下人大大咧咧、不拘小节,大人小孩子之间互取绰号很平常。也有一些人敏感、爱面子,为了不雅的绰号发脾气,甩脸子。裘昌进绝对不在此列。他皮糙肉厚,成天嘻嘻哈哈:裘麻鼻子就裘麻鼻子呗,你们爱叫不叫,还不照样是我的手下败将!哈哈……

小学五年,裘昌进是个矛盾人物典型。一方面,他反应快、头脑灵活,数学题解答得又快又好,考试长期满分,是数学老师无比欣赏的好苗子。另一方面,他的语文成绩又令语文老师大摇其头,拼音念得磕磕巴巴,作文写得狗屁不通……这些都不细说了,光是课堂上开小差、搞破坏,就常常把语文老师气得双目喷火。

有一年春天,他忽然迷上了捉蜜蜂。上语文课之前,撕掉它们的翅膀,趁班上的女同学不注意,偷偷地放进她们的文具盒里。女孩子胆小,往往被这种毛茸茸的、带刺的虫子吓得汗毛直竖,哐当一声扔出了文具盒。课堂秩序顿时大乱,男孩起哄大笑,女孩惶惶不安。语文老师一怒之下,请出戒尺,狠狠地抽打了裘昌进二十记手掌后,还罚他在老师办公室外最显眼的位置杵了一下午,接受各年级学生的随意"点评"。

老师的这一惩戒既有肉体上的疼痛,又有精神上的打击。换成其他孩子,早该夹起尾巴洗心革面了。叵裘昌进是其他孩子吗?

当然不是!

放了晚学,学生们陆陆续续地走出校门。校园里渐渐安静了下来。裘昌进清空了自己的书包,鬼鬼祟祟地溜去学校的围墙下,找来了两块方方正正的红砖塞了进去。他知道语文老师改完了当天的作业簿都要跑一趟厕所,于是,他早早地猫在花坛旁那棵三人都难合抱的大银杏树边。过了一会儿,语文老师果然脚步匆匆地闪进了男厕所。估摸着他在坑边蹲下了,裴昌进不慌不忙地现身。扑通——扑通——两块大红砖一前一后,准确地落入了厕所一侧的便池中。与此同时,厕所里响起了语文老师的惊叫声。不用说,他的屁股上、背上一定溅满了臭烘烘的粪水。

裴昌进忍不住哈哈大笑。

这一笑,坏事了!语文老师裤子都没来得及系,拎着皮带头,气急败坏地从厕所里冲出来,像一只失控的火车头一样紧紧地追在裴昌进身后:"好你个裴麻鼻子,好你个裴麻鼻子……"

学校外那条东西走向的大路上,人来人往。裴昌进脚下生风,兔子似的逃窜。五十多岁的语文老师铆足了劲儿在后面追,一边追,一边喊。喊着喊着,气变粗了,声音变了调,拗口的"裴麻鼻子"也不知不觉地变成了更顺口的"裴麻子"。

裴昌进一战成名。经由语文老师大声推广过的"裴麻子"三个字从此正大光明地在他的脑壳子上落了户。哪怕他后来随着年龄的增长"改邪归正"了,也没能成功摘掉这一"殊荣"。

裴麻子差五分没考上大学。高中一毕业,父亲就安排他学了兽医。兽医的活儿虽然脏,但在农村很吃香。裴麻子的父亲是乡兽医站的文书。国家那会儿有顶替的政策，父亲退休后，学成了的裘麻子顺理成章地进了父亲的单位。

乡兽医站除了每周一次的工作汇报和定期的学习班，无须天天坐班。闲时，裘麻子就在家里钻研兽医书籍。大忙季节，他也挽起裤腿，和父母一道下田干农活。谁家的牲畜有问题了，自然有人上门来请。裘麻子先大致地问清楚病畜的情况：不起身、浑身发烫、拉稀、口吐白沫……他心里有了数，马上把听诊器、消过毒的针筒、针头、药水、药片装进出诊箱，带上黑色的人造革包（黑包中有一本厚厚的记事簿），推着永久牌二八自行车，出发了。

牲畜比人扛得住，病情严重的，打一两次针便能爬起来进食了。胃口一开，就是好转的迹象。酌情配点药片巩固一下疗效，过两天去回访，牲畜已经恢复了一贯的活蹦乱跳。

兽医的另一项主要工作是给牲畜动手术，土语叫"骟"。老百姓养鸡是为了下蛋卖钱，母鸡越多越好。上春孵出来的小鸡，到了一定日龄就能分得出公鸡、母鸡了。公鸡的鸡冠向上长高，鸡冠和面部发红，会激动的追逐母鸡配种。一个鸡群里不能没有公鸡。没有公鸡，母鸡们就没有主心骨，一惊一乍，容易走散。公鸡还能对母鸡起到性诱导作用，促进母鸡雌激素的分泌，提高母鸡的产蛋量。但公鸡的脾气暴躁，爱打架，鸡群里的公鸡多了也麻烦。所以，公鸡自打鸣后的一个星期左右，主人家就去约了裘麻子来骗鸡。

裘麻子骟一只小公鸡，绝不超过五分钟。先挤压小公鸡的肛门排出鸡粪，双腿牢牢夹住鸡脚，依次在鸡腹的左右两边切开小口子，用扩张器扩开小口，棕线钩子勾住鸡腰子并来回拉几下，使之与其他内脏分离。也不知道什么理儿，做完了手术，裘麻子还会给公鸡灌一调羹冷水。咽下冷水的公鸡待裘麻子一松手，就慌里慌张地钻进草堆里了。从此收敛了性子，见了母鸡规规矩矩，专心长肉，慢慢变肥。

骟猪比骟鸡要费劲儿。裘麻子正年轻，有的是力气。他从不用主家搭手，嘴里叼着小刀，一个箭步跳下猪圈，猛地揪住猪后腿，倒提出栏，猪头向下夹在双腿之间，一划、一挤、一割，干净利落。

同样逃脱不了被骟命运的还有小公羊。裘麻子手起刀落的工夫，淡粉色的羊卵子就落在了主人提前准备好的大碗里。羊卵子嫩、滑、鲜，用青椒或韭菜沸油猛火爆炒一番，香气扑鼻。这碗菜味道虽好，却是大人的专利，小孩子万万碰不得——小孩子吃了羊卵子，长大了要说飘话（说飘话就是吹牛加胡扯）。有不上道的人，习惯虚张声势、信口开河，免不了要招来群嘲，说他"吃多了裘麻子割下的羊卵子"。

裘麻子二十七岁那年成的亲。婚事是父亲做主订下的姑妈家小表妹。他本人一百个不情愿，说表兄妹通婚不合法。父亲勃然大怒，一拍桌子："违法我也认了！你姑父死得早，姑妈身子骨又弱。表妹是独生女，嫁到别处，姑妈不放心。嫁到咱们家，亲上加亲，对谁都好。"

裘麻子耷拉着脑袋，心里一个劲儿地嘟囔：不是对谁都好，是对你们好！

当地的风俗，订婚后男孩子要去丈母娘家送双节一礼：端午节、中秋节、年礼。姑妈家就在隔壁村子。每到送礼的当日，裘麻子就装聋作哑，母亲催三催四，催得一家人都烦不胜烦。上初中的妹妹在母亲的示意下，用礼盒抵在裘麻子的腰眼上，解放军押解俘虏似的，把蔫了吧唧的哥哥往姑妈家的方向推。

妹妹走一脚，裘麻子走一脚；妹妹不走，他就立在原地不动。

纵然如此，婚后的裘麻子对妻子还是客客气气。过了年把，女儿呱呱落地，乳名金燕。金燕刚出生时小脸窄窄的，还没有巴掌大。长着长着，长开了，完全随了裘麻子的脸模子：大双眼皮、高鼻梁，腮帮子圆鼓鼓的，下巴微微翘起。

儿媳妇头胎生的是个女娃，裘麻子的父亲很是失落。他明里暗里地劝裘麻子夫妻再生个二胎，万一生个男孩，有了男丁的延续，就意味着裘家的香火不会断了。

父亲要抱孙子的心愿，裘麻子表示爱莫能助。妻子生金燕时大出血导致长时间昏迷，险些没救得回来。裘麻子心有余悸，不敢再让妻子遭第二遍罪了。况且计划生育正进行得如火如荼，上级有明文规定，一对夫妻只能生一个孩子。有正式编制的工作人员超生了，开除工籍之外，还要大额罚款。

金燕一进幼儿园，妇女主任就送来了独生子女证，又动员裴麻子的妻子去做结扎手术。裴麻子骑着自行车送妻子去乡医院，为了减轻妻子的心理负担，他一边蹬车，一边安抚妻子："燕儿妈，你别害怕，结扎不疼，就跟蚂蚁咬一口差不多。也没啥风险。别的我不敢说，你看看经我的手骟过的鸡啊猪啊羊啊，哪一只不是活得精精神神的。要是你实在发慌，咱们跟医生商量商量，由我亲自给你动手术，怎么样？"

妻子轻轻地捶打了几下他的后背，没开腔。

金燕自幼乖巧伶俐，学习上没要父母操过心。裴麻子真是有女万事足。他主外，兽医的收入远超一般农民；妻子主内，家里收拾得妥妥当当。夫妻齐心，翻盖了三间明瓦大屋。眼瞅着生活越过越滋润，意外猝然而至了！

读初一的金燕在体育课上莫名其妙地昏倒，被老师就近送进了乡医院。打了针，金燕出了一身的汗，脸色显得比平时更苍白，别的倒也还好。本以为没什么大事，可从第二天开始，金燕就发起了高烧。在乡医院输了三天液，热度反反复复，白天退，夜里反弹，孩子的嘴唇干裂得一塌糊涂，鼻血长流。医生束手无策，安排了救护车把孩子转去县人民医院。人民医院给孩子从头到脚做了系统检查，很快出了结果——急性白血病。

裘麻子夫妻当场就蒙了！连夜带着女儿赶往省内一家知名的血液专科医院。

家里的积蓄勉强应付了初期的医疗费。妻子在医院里守着女儿，裘麻子在家和医院之间来回奔走，四处找人借钱。

频繁的放疗、化疗，使得金燕的体质以肉眼可见的速度衰退，精神状况时好时差，不容乐观。医生提出一套救治方案：让裘麻子夫妻抓紧时间再生个孩子，只要配型成功，第二个孩子脐带血中的造血干细胞，可以提高金燕治愈的可能性。

为了挽救女儿，结扎多年的妻子不顾身体虚弱，主动做了输卵管复通手术。然而，尽管夫妻俩在夜幕下无数次地跪地，虔诚祈祷上天的垂怜，奇迹却没有如愿降临。

打理好金燕的身后事，裘麻子夫妻一下子老了很多，曾经充满欢声笑语的家也变得空空荡荡。

日子依然要继续。

裘麻子把搁置了大半年的出诊箱和黑色人造革包上的灰尘细细地抹去，给二八自行车干巴巴的链条上了一圈油。自行车铃铛不知道什么原因，坏掉了。不摇，它也会自动发出叮叮的脆响。

裘麻子没有、也不想动手去修理车铃。每当他骑着自行车行进在路上时，眼前就自然而然地浮现出以往送女儿上学放学的情景。金燕喜欢坐在自行车的大杠上，叽叽喳喳地说个不休，高兴的事儿、不高兴的事儿，她倒豆子一般。裘麻子听的时候多，说的时候少。他乐意当女儿忠实的听众。对面来了人、来了车、来了拖拉机，金燕便抢着打车铃：叮、叮、叮叮叮……

金燕不在了，那辆叮当作响的自行车的大杠上后来捎带过不少背着书包的孩子。周边这一带的孩子，都认识、也喜欢裘麻子。裘麻子车龙头上的黑包里总能随时摸出几块水果糖，甜一甜孩子的小嘴。逢刮风或变天，小孩子恰巧遇上出诊路上的裘麻子，不待开口，他会主动停下自行车，让小孩子坐上大杠。谁家的孩子，住在哪里，他了如指掌。

自行车绕来弯去地抵达了终点。小孩子蹦蹦跳跳地拱进家门，脆生生地喊："妈妈（奶奶）、妈妈（奶奶），裘麻子大大送我回家了——"

屋里的人应声而出，拿手指一戳小孩子的脑门子："啊呦！你个没大没小的东西，大大就大大，怎么还裘麻子大大！"

裘麻子嘿嘿一笑，正色道："可不许怪孩子。孩子没说错话，我本来就是个麻子嘛。"

他调转车龙头，铃声悠悠，洒落了一地。

走啊，去江西

老梁这辈子得意的事很多，但最得意的还要数他的老本行干得好。

老梁是个驾驶员，二十多岁开始摸方向盘，先在部队待了七八年，然后转业回原籍，前后换过两三个单位。蓝色老解放车、轿车，货车、吉普车、面包车、商务车，柴油机、汽油机，手动挡、自动挡，老梁一律开得溜溜的，没有一部车在老梁手里出过事故——即使是豆大的擦痕也没有。但凡单位引进新车，"一把手"次次亲自点将，指定老梁去接车。老梁总是开新车，拿节油奖，慢慢招来了同行的嫉妒。老梁不动声色，主动请缨，换了车队的一辆"油老虎"。油老虎每年都亏钱，老梁结合实情，仔细研究了一套保养方案，调整车子性能，把油老虎保养到一推就走的状态。到了年底，领节油奖的依然是老梁。

老梁用实力证明：会开车和开得好绝对是两码事。所以，他聊到年轻时一起工作过的同事们，语气往往带着三分骄傲、一分不屑：那个谁把轮子开掉了，那个谁倒车撞倒了电线杆，那个谁追尾客车断掉了三根肋骨……连说带比画，越讲越带劲。

开蓝色老解放那会儿，天南海北，全中国的城市给老梁走了个半数。一个月三十天，少说有二十五天在路上奔波。年轻力壮时，什么苦都扛得住，如今回想起来，只有新疆是他心底的一个遗憾。那趟任务是拉飞行服的毛领子，目的地是新疆皮革厂。长路漫漫，要准备充足的干粮和水，中途还要穿过茫茫戈壁滩，没有通信工具。虽然报酬丰厚，但鉴于老解放车年老体衰、状况不佳，老梁思前想后，还是放弃了。命比钱更重要，家里老婆孩子一窝，他冒不起这个险。后来，棉麻公司一个开新卡车的师傅揽下了那个费时四十五天的差事。

有一年春节前，下了很大的雪，冷得人的手指没法伸直。县肉联厂要拉一车香肠去江西南昌。卡在过年的点上，道路又严重冰冻，车队的其他人都不接这个任务。八十年代，单程车费一千七百元左右，是笔好进账。车队实行的是承包制，一年五千元承包费。老解放车子破旧，老梁赚钱心切，自告奋勇领命前往。五吨多的香肠装上了车，日夜兼程，花了两天两夜的时间，车身挂满了硬邦邦的冰凌。

卸货绕来转去地换了好几个地方，这让老梁暗生疑虑，他找了个机会悄悄地提醒随行的押车员，不要只顾着喝酒吃肉，误了正事。返程时他们转去九江装了变压器厂的瓷壶——这是老梁去江西前就悄悄联系好的业务。不想，老解放半路出了故障，发动机汽缸床冲掉了，串汽——六缸串了四缸，只剩下两缸还能运行。更糟糕的是，刹车管也断了，经验丰富的老梁用细铝丝做了简单的修理。老解放不密封，如果漏水，铁定趴窝。一路上，老梁都没敢熄火，实在累得不行，就把车子靠边停下，伏在方向盘上稍稍打个盹儿解乏。过江了，渡船口各种车子排得长长的，老梁还是不敢熄火。阴天潮湿，上坡艰难，他想了很多办法。上渡船，动力不够，用船工推车，三角木防滑。天蒙蒙亮，车子终于挨到了县汽车修理厂——还没到上班时间，门卫不开门，一停下，就再也启动不了了。这些个毛病，修理厂总计收了三十元的修理费。要是在半途修理，人家要五百元，老梁舍不得。

"日子是苦出来的，算出来的。"这是老梁常常挂在嘴上的一句话。他胆大心细、脑子活，同事们都愿意和他搭档外出。公家指派的业务完成了，路上接到的私活就是额外收入。有钱一起赚，有好处一起分。老梁和所有人合作都是愉快的。除了老孙。

老孙和老梁的背景差不多，老家在农村，也是部队下来的驾驶兵，一前一后进了供销系统的车队。单位安排宿舍时，还做了一墙之隔的邻居。这两个人尽管年纪相仿，对生活的规划却是大相径庭。计划经济时代，定量户口比农村户口吃香。老梁进城后，四处找关系，托熟人，陆陆续续把妻儿的户口都迁到县城里，做上了"城里人"。

老孙呢？他认为农村好，农村有地。地是人的根，只要肯出力气，一年到头有收成。粮仓堆得满满的，看着舒心。不像城里人，家里只有一只小小的米桶。他的妻子、一儿一女全留在乡下，很少到城里来。老孙出差归来，停好了车子，把脏衣服裹吧裹吧，推上自行车，哐当哐当地往十多里外的老家赶。老梁托着一只盛满玉米糁粥的大海碗立在屋檐下，目送着老孙远去，扬声一喊，屋里马上跑出来一个帮他添粥的孩子。

不出差时，他俩偶尔能凑到一张小方桌边下几局象棋。老梁棋艺好，老孙磨蹭，还动不动悔棋。两个人下个棋，你一言我一语地较真，跟吵架似的热闹。

领导安排老梁和老孙一起去江西送棉麻公司的包皮子布。什么是包皮子布呢？就是布腱子外面的包装，加工印染后，可以做衣服或被套。江西旧山有个很大的木材交易市场，老梁曾经路过，并结识了一位葛姓木材商。葛姓木材商的目的地是江苏，老梁正好顺道。当时，木材属国家统购物，不仅数量上有限制，还得有专用的证件。否则，过境的检查站一律依法没收。葛姓木材商有木场，老梁借着帮他拉木材的机会，自己也搭了十根横条回家盖房子。那十根横条在江西境内不过二十来块一根，到了江苏，价格翻了四五倍。木场在余干县鄱阳湖中的小岛上，进去要摆渡，岛上没有公路，全是干河形成的路。车上的木材七八吨，堆得高高的，稍有颠簸，摇摇晃晃。老梁全神贯注控制车速，不敢开快。过流水槽时，车子卡住了。葛姓木材商叫来当地人帮忙挖流水槽，一挖又挖得太过了，车子差点就掉进鄱阳湖。惊险极了！

老梁和老孙交接好包皮子布，在国道边上的饭店草草填饱了肚子。出江西，到安徽祁门。一号检查站边有个木材商要带十吨的木材。老梁和老孙的车合起来，吨位正好。老梁和木材商交涉了一场，对方只肯出四百的车费。老梁在心里飞快地打了个算盘：车费四百就四百，他和老孙一人一半。另外呢，借木材商的合法手续，自掏腰包购买一百根木棍。一百根木棍的成本一百多元，按照江苏的市价，能卖八百到一千，这利润空间也够大的了。

怎么算，这趟木材都值得带。没想到，老孙不配合，他先是嫌弃木材商出的价低了。老梁给他算了细账，他还是连连摇头——他老家要翻盖房子了，他早计划着从宜兴买石灰。老梁很恼火地说，石灰才几十元一吨，你拉一车石灰能省几个钱？一百根木条卖掉赚的钱，你能买多少吨石灰？

任由老梁怎么劝，老孙就是一心要买石灰。

老孙不合作，老梁眼巴巴地瞅着到手的钱飞走了。两人到了宜兴，好巧不巧下起了瓢泼大雨。石灰不能碰水，老孙自然

243

买不成，只好拉了一车石子。

老梁的空车厢哐当哐当震了一路，肚子里的气也憋了一路。他跑车多年，就没有哪一次让车空过，多小的赚钱机会，他都不会放过。

那次之后，他再不和老孙搭档了。

车队改制，解体。

有一部分人——比如老梁，通过各种各样的努力，换到了一个相对合适的单位。也有一部分人，比如老孙，老老实实地接受现实，拿了一笔老单位发的补助，安心地回老家种地。

不管以什么样的方式生活，他们老去的节奏是一样的。

他们一年也能碰几次面。有时是老梁下乡办事，有时是老孙来城里购买农用物资。他们都七十多岁了，头发花白。老梁一见到老孙，就会拍拍他的肩膀，大声地说一句："走啊，我们去江西。"

这句话老梁已经重复了好些年了。不知道为什么，他还是忍不住想说。

老孙扶着自行车，嘿嘿地笑，不作声。

后记

二〇〇六年的初夏,我常常是这样度过的:凌晨三点多,我将尚在睡梦中的九个月的儿子抱给隔壁房间的婆婆,然后骑上自行车,顺着黑咕隆咚的弄堂赶去距菜市场不远的我小姨娘家,把寄存在她家的一大堆小百货用三轮车拉去菜市场摆地摊。

起初去菜市场讨生活实属无奈之举。丈夫在市区上班,一星期回来一趟,像个客人一样住一宿就走了。公婆六十多岁,明确表示做不了照顾小孩的主力。我学历低,疾病缠身,还不会讲当地方言,一时根本找不到合适的工作。可经济上的拮据又不允许我做全职主妇。摆摊最大的好处是时间相对自由。上午半天,我赚好和儿子的生活费,其余时间可以待在家中照顾孩子。唯一的缺点,就是要早早起床——菜市场可供摆摊的位置实在不多,去晚了就没有地方。

我总忘不了凌晨三点的天空,淡淡的鱼肚白与朦胧的灰黑交织,仅剩的几颗星星仍然没有隐去痕迹。猛然间从婆婆树影中掠出的猫头鹰，扑棱棱地留下一串凄惨的号叫，让本就心惊肉跳的我更感胆寒。我加快车速窜出小弄堂，上了大马路心才稍宽，马路上有呼啸而过的车，尽管很少，依然让我觉得在寂寥空旷的凌晨，自己不是孤孤单单一个人。还有一次，我正专注地蹬车，不知道从哪个角落跳出一只夜游的狗儿，汪汪地叫着追了我好远。我一边啪嗒啪嗒地掉眼泪，一边狼狈地逃窜。

如此强撑了两个月，我实在扛不住这种夜行的惊恐了。恰巧菜市场里来了一个推着简易小车做流动生意的安徽男人，我仔细观察了他一番，回家后立即动手，把儿子睡觉的旧童车改造成一辆出摊的手推车，七七八八的小商品往小车里一放，走到哪里，生意做到哪里，灵活性不输招手即停的出租。从此，我每天早上能多睡两个小时，我亲爱的妈妈再也不用隔着千里担心我天不亮就赶去菜市场抢地盘了。

五颜六色的小推车穿行在街道上时很是惹眼，路人纷纷侧目。为了生活，时年二十八岁的我抛下所谓的面子，笑迎每一个顾客。也就是这个不够体面的"货郎摊"，帮助我在陌生的浙东小镇站稳了脚跟，与我打过交道的人，都愿意亲切地称呼我"阿三"或"三三"（我在娘家排行老三，三儿是我的乳名）。

从二〇〇六年到二〇一〇年的五年间，我的日常固化得只剩下摆摊和照看孩子两件事。直到二〇一〇年九月份，孩子进了幼儿园，下午的半天忽然空了出来。闲极无聊，我就尝试在QQ

空间里写点东西。起初是无意间涂鸦了几篇小短文，得到了一些好友的捧场鼓励，我这个人架不住人家表扬，脑子一热，马上挽起袖子再接再厉地往前写。我是职业高中毕业，学的裁缝，写文字纯属黑夜里射乱箭，没有明确方向和目的，谈不上体裁，也不限字数，想到什么写什么。童年旧事、花草虫鱼、风霜雨雪……一时倒也自得其乐。慢慢地，菜市场里有意思的人或事，也就自然而然地进入了笔下。包子铺的年轻师傅、猪肉区的屠夫、卖毛笋的老人、修锅底的铜匠、胆大心细的捕蛇人、终年在菜市场捡钱的痴人……大多是平凡人的平凡生活。

很难说是小镇的菜市场造就了今日的我，还是我将菜市场作为了人世间的瞭望孔。我从来没有想过写作有什么用途，也没有什么成为作家的梦想和情怀，我把写作当成日常生活中一件有趣的事，跟有些人热衷打麻将、旅行、喝酒一个道理。

有些人难得光临一次菜市场，他们忍受不了菜市场的繁芜喧哗，厌恶随处可见的鸡毛蒜皮。可于我而言，菜市场烟火气十足，是个热气腾腾的、有付出就有回报的好地方。我扎根于此间，勤勉地谋求生活的保障，也在此间小心地窥探人间万象，恭恭敬敬地记录着平凡人的温情或悲伤。这是属于我的"在菜场，在人间"。

陈慧

二〇二三年八月

陈慧

一九七八年生于江苏如皋,现定居浙江余姚。

职高学历,主业菜场摆摊,副业写作。三岁被送养,在养父母家长大,十四岁回到亲父母身边,做过裁缝,开过日杂店,二十七岁远嫁浙江,四十岁离异,现独自带着儿子生活。

孩子九个月大时,为生活所迫出来摆摊,一直持续至今,每天推着近两百斤重的杂货车往返家和小镇菜市场。摆摊之余通过写字排遣时光。

二〇一八年出版首部散文集《渡你的人再久也会来》,二〇二一年出版第二部散文集《世间的小儿女》。

在菜场，在人间

作者 _ 陈慧

产品经理 _ 王奇奇　　装帧设计 _ 孙莹　　产品总监 _ 邵蕊蕊
技术编辑 _ 陈皮　　责任印制 _ 刘淼　　出品人 _ 李静

果麦
www.guomai.cn

以 微 小 的 力 量 推 动 文 明

图书在版编目（CIP）数据

在菜场，在人间 / 陈慧著. -- 天津：天津人民出版社, 2023.12（2024.12重印）
ISBN 978-7-201-19955-9

Ⅰ. ①在… Ⅱ. ①陈… Ⅲ. ①散文集－中国－当代 Ⅳ. ①I267

中国国家版本馆CIP数据核字(2023)第217710号

在菜场，在人间
ZAI CAICHANG,ZAI RENJIAN

出　　　版	天津人民出版社
出 版 人	刘锦泉
地　　　址	天津市和平区西康路35号康岳大厦
邮政编码	300051
邮购电话	022-23332469
电子信箱	reader@tjrmcbs.com
责任编辑	燕文青
产品经理	王奇奇
装帧设计	孙　莹
制版印刷	天津丰富彩艺印刷有限公司
经　　　销	新华书店
发　　　行	果麦文化传媒股份有限公司
开　　　本	880毫米×1230毫米　1/32
印　　　张	8
印　　　数	28,001-33,000
字　　　数	145千字
版次印次	2023年12月第1版　2024年12月第6次印刷
定　　　价	58.00元

版权所有 侵权必究
图书如出现印装质量问题，请致电联系调换（021-64386496）